"隐身"的串门儿

读书随笔

杨绛 著

生活·讀書·新知 三联书店

Copyright ⓒ 2015 by SDX Joint Publishing Company.
All Rights Reserved.
本作品版权由生活·读书·新知三联书店所有。
未经许可，不得翻印。

图书在版编目（CIP）数据

"隐身"的串门儿：读书随笔/杨绛著．—北京：
生活·读书·新知三联书店，2015.4 （2024.7 重印）
ISBN 978-7-108-05173-8

Ⅰ．①隐… Ⅱ．①杨… Ⅲ．①随笔-作品集-中国-当代 Ⅳ．① I267.1

中国版本图书馆 CIP 数据核字（2014）第 259645 号

责任编辑	冯金红
装帧设计	蔡立国
责任印制	董 欢
出版发行	生活·讀書·新知 三联书店
	（北京市东城区美术馆东街 22 号 100010）
网　　址	www.sdxjpc.com
经　　销	新华书店
印　　刷	河北鹏润印刷有限公司
版　　次	2015 年 4 月北京第 1 版
	2024 年 7 月北京第 14 次印刷
开　　本	787 毫米 × 1092 毫米　1/32　印张 7.625
字　　数	130 千字
印　　数	098,001－105,000 册
定　　价	38.00 元

（印装查询：01064002715；邮购查询：01084010542）

作者一九六二年摄于北京。

作者一九八三年十一月在伦敦。

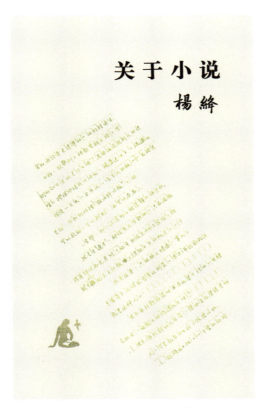

《关于小说》书影,三联书店 1986 年版。

目录

代前言　读书苦乐　1

一　菲尔丁关于小说的理论　1

二　论萨克雷《名利场》　43

三　艺术与克服困难

　　——读《红楼梦》偶记　73

四　李渔论戏剧结构　86

五　事实—故事—真实　110

六　旧书新解

　　——读《薛蕾丝蒂娜》　131

七　有什么好？

　　——读奥斯丁的《傲慢与偏见》　158

八 《吉尔·布拉斯》译者前言   184

九 《小癞子》译本序   195

十 堂吉诃德与《堂吉诃德》   216

出版说明   235

代前言　读书苦乐

读书钻研学问,当然得下苦功夫。为应考试、为写论文、为求学位,大概都得苦读。陶渊明好读书。如果他生于当今之世,要去考大学,或考研究院,或考什么"托福儿",难免会有些困难吧?我只愁他政治经济学不能及格呢,这还不是因为他"不求甚解"。

我曾挨过几下"棍子",说我读书"追求精神享受"。我当时只好低头认罪。我也承认自己确实不是苦读。不过,"乐在其中"并不等于追求享受。这话可为知者言,不足为外人道也。

我觉得读书好比串门儿——"隐身"的串门儿。要参见钦佩的老师或拜谒有名的学者,不必事前打招呼求见,也不怕搅扰主人。翻开书面就闯进大门,翻过几页就升堂入室;而且可以经常去,时刻去,如果不得要领,还可以不辞而别,或者另找高明，和他对质。不问我们要拜见的主人住在国内国外，不问他属于现代古代，不问他什么专业，不问他讲正经大道理或聊天说笑，都可以挨近前去听个足够。我们可以恭恭敬敬旁听孔门弟子追述夫子遗言，也不妨淘气地笑问"言必称'亦曰仁义而已矣'的孟夫子"，他如果生在我们同一个时代，会不会是一位马列主义老先生呀？我们可以在苏格拉底临刑前守在他身边，听他和一伙朋友谈话；也可以对斯多葛派伊匹克悌忒斯（Epictetus）的《金玉良言》思考怀疑。我们可以倾听前朝列代的遗闻逸事，也可以领教当代最奥妙的创新理论或有意惊人的故作高论。反正话不投机或言不入耳，不妨抽身退场，甚至砰一下推上大门——就是说，啪地合上书面——谁也不会嗔怪。这是书以外的世界里难得的自由！

壶公悬挂的一把壶里，别有天地日月。每一本书——不论小说、戏剧、传记、游记、日记，以至散文诗词，都别有天地，别有日月星辰，而且还有生存其间的人物。我们很不必巴巴地赶赴某地，花钱买门票去看些仿造的赝品或"栩栩如生"的替身，只要翻开一页书，走入真境，遇见真人，就可以亲亲切切地观赏一番。

说什么"欲穷千里目，更上一层楼"！我们连脚底下地球的那一面都看得见，而且顷刻可到。尽管古人把书说成"浩如烟海"，书的世界却真正的"天涯若比邻"，这话绝不是唯心的比拟。世界再大也没有阻隔。佛说"三千大千世界"，可算大极了。书的境地呢，"现在界"还加上"过去界"，也带上"未来界"，实在是包罗万象，贯通三界。而我们却可以足不出户，在这里随意阅历，随时拜师求教。谁说读书人目光短浅，不通人情，不关心世事呢！这里可得到丰富的经历，可认识各时各地、多种多样的人。经常在书里"串门儿"，至少也可以脱去几分愚昧，多长几个心眼儿吧？我们看到道貌岸然、满口豪言壮语的大人先生，不必气馁胆怯，因为他们本人家里尽管没开放门户，没让人闯入，他们的亲友家我们总到过，自会认识他们虚架子后面的真嘴脸。一次我乘汽车驰过巴黎塞纳河上宏伟的大桥，我看到了栖息在大桥底下那群捡垃圾为生，盖报纸取暖的穷苦人。不是我眼睛能拐弯儿，只因为我曾到那个地带去串过门儿啊。

可惜我们"串门儿"时"隐"而犹存的"身"，毕竟只是凡胎俗骨。我们没有如来佛的慧眼，把人世间几千年积累的智慧一览无余，只好时刻记住庄子"生也有涯而知也无涯"的名言。我们只是朝生暮死的虫豸（还不是孙大圣毫毛变成的虫儿),钻入书中世界,这边爬爬,那边停停,有时遇到心仪的人,听到惬意的话,或者对心上悬挂的问题偶有所得,就好比开了心窍,乐以忘言。这个"乐"和"追求享受"该不是一回事吧?

一九八九年

一 菲尔丁关于小说的理论

英国十八世纪小说家菲尔丁说自己的小说是英国语言中从来未有的体裁，文学史家也公认他是英国小说的鼻祖。马克思对他的爱好，小说家像司各特、萨克雷、高尔基等对他的推崇①，斯汤达（Stendhal）对他的刻意摹仿②，都使我们想探讨一下，究竟他有什么独到之处，在小说的领域里有什么贡献。好在菲尔丁不但创了一种小说体裁，还附带在小说里提供一些理论，说明他那种小说的性质、宗旨、题材、作法等等；他不但立下

---

① 高尔基对菲尔丁的推崇，见叶利斯特拉托娃著《菲尔丁论》——《译文》一九五四年九月号 136 页。

② 参看安贝尔（H. F. Imbert）《斯汤达和〈汤姆·琼斯〉》(*Stendhal et "Tom Jones"*) ——《比较文学杂志》(*Revue de Littérature comparée*) 一九五六年七月至九月号 351—370 页。

理论，还在叙事中加上评语按语之类。他在小说里搀入这些理论和按语，无意中给我们以学习和研究的线索。我们凭他的理论，对他的作品可以了解得更深切。这里综合他的小说理论，作一个试探的介绍。

菲尔丁关于小说创作的理论，分散在他小说的献词、序文和《汤姆·琼斯》每卷第一章里。最提纲挈领的是他第一部小说《约瑟夫·安德鲁斯》的序，这里他替自己别开生面的小说体裁下了界说，又加以说明；在这部小说头三卷的第一章里又有些补充。《汤姆·琼斯》的献词和每卷的第一章、《阿米丽亚》和《江奈生·魏尔德》二书的首卷第一章以及各部小说的叙事正文里还有补充或说明。

菲尔丁的读者往往嫌那些议论阻滞了故事的进展，或者草草带过，或者竟略去不看。《汤姆·琼斯》最早的法文译本①，老实不客气地把卷首的理论文章几乎全部删去。但也有读者如十九世纪的小说家司各特和乔治·艾略特（George Eliot）对这几章十分赞赏。司各特说，这些议论初看似乎阻滞故事的进展，

---

① 庇艾尔·安德华纳·德·拉·普拉斯（Pierre-Antoine de la Place）的译本一七五〇年出版。

但是看到第二三遍，就觉得这是全书最有趣味的几章。① 艾略特很喜欢《汤姆·琼斯》里节外生枝的议论，尤其每卷的第一章；她说菲尔丁好像搬了个扶手椅子坐在舞台上和我们闲谈，那一口好英文讲来又有劲道，又极自在。②可是称赞的尽管称赞，并没有把他的理论当正经。近代法国学者狄容（Aurélien Digeon）说，菲尔丁把他的小说解释为"滑稽史诗"，而历来文学史家似乎忽视了他这个观念。③这话实在中肯。最近英国学者德登（F. Homes Dudden）著《菲尔丁》两大册④，对菲尔丁作了详细的研究。可是他只说，"散文体的滑稽史诗"不是什么新的观念。他并没说出这个观念包含什么重要意义，只把"滑稽史诗"和史诗、悲剧、喜剧、传记、传奇等略微分别一下，又把菲尔丁的理论略微叙述几点，并没有指出菲尔丁理论的根据，也没有说明他理论的体系⑤，因而也不能指出菲尔丁

---

① 见《小说家列传》（*Lives of the Novelists*）——世界经典丛书版 22 页。
② 见《米德尔马契》（*Middlemarch*）第 15 章——世界经典丛书版 147 页。
③ 见《菲尔丁的小说》（*Les Romans de Fielding*）一九二三年版 284—285 页。
④ 见《亨利·菲尔丁：他的生平、著作和时代》（*Henry Fielding, his Life, Works, and Times*），一九五二年版。
⑤ 见德登著《菲尔丁》第 1 册 328—334 页，又第 2 册 666—671 页。

根据了传统的理论有什么新的发明。

菲尔丁写这些理论很认真。他自己说,《汤姆·琼斯》每卷的第一章,读者看来也许最乏味,作者写来也最吃力①;又说,每卷的第一章写来比整卷的小说还费事。②他把这些第一章和戏剧的序幕相比,因为都和正戏无关,甲戏的序,不妨移到乙戏;他第一卷的第一章,也不妨移入第二卷;他也并不是每卷挨次先写第一章,有几卷的第一章大概是小说写完之后补写的。③他为什么定要吃力不讨好地写这几章呢?菲尔丁开玩笑说,一来给批评家叫骂的机会,二来可充他们的磨刀石,三来让懒惰的读者节省时间,略过不读。④他又含讥带讽说,他每卷的第一章,好比戏院里正戏前面的滑稽戏,可作陪衬之用;正经得索然无味,才见得滑稽的有趣。⑤又说,这第一章是个标志,显得他和一般小说家不同,好比当时风行的《旁观

---

① 见《汤姆·琼斯》(以下简称《汤》)第5卷第1章。本文翻译原文,都加引号;没有引号的只是撮述大意。
② 见《汤》第16卷第1章。
③ 见德登《菲尔丁》第2册591—592页。
④ 见《汤》第16卷第1章。
⑤ 见《汤》第5卷第1章。

者》(*Spectator*)①开篇引些希腊拉丁的成语,叫无才无学的人无法摹仿。②这当然是开玩笑的话。菲尔丁觉得自己的小说和一般小说不同,怕人家不识货,所以要在他的创作里插进那些理论的成分。他在《约瑟夫·安德鲁斯》里说,他这种小说在英文里还没人尝试过,只怕一般读者对小说另有要求,看了下文会觉得不满意③;又在《汤姆·琼斯》里说,他不受别人裁制,他是这种小说的创始人,得由他自定规律。④这几句话才是他的真心实话。

他虽说自定规律,那套规律却非他凭空创出来的。他只说他的小说是独创,从不说他的理论也是独创。他的一套理论是有蓝本的。但这并不是说菲尔丁只抄袭古人的理论,而是说明他没有脱离历史,割裂传统,是从传统的理论推陈出新,在旧瓶子里装进了新酒。他的理论大部分根据十八世纪作家言必称道的亚里斯多德的《诗学》和贺拉斯的《诗艺》。菲尔丁熟读希腊罗马的经典;他引用经典,照例不注

---

① 见斯狄尔(R. Steele)和艾迪生(Addison)一七一一年编辑的报纸。
② 见《汤》第9卷第1章。
③ 见《约瑟夫·安德鲁斯》(以下简称《约》)序。
④ 见《汤》第2卷第1章。

出处。他自己说,他常把古代好作品的片段翻译出来应用,不注原文,也不指明出处,饱学的读者想必留意到此。①他又说,这部书里哪些地方套着经典著作的文气腔调绰趣取笑,他不必向熟读经典的读者一一指明。②但是我们若要充分了解他的理论,就得找出他的蓝本来对照一下。因为菲尔丁自己熟读经典,引用时往往只笼统一提。我们参看了他的蓝本,才知道他笼统一提的地方包含着什么意义,并且了解他在创作中应用了什么原则;尤其重要的是,我们在对照中可以看出他推陈出新的地方。

菲尔丁的小说理论,简单来说,无非把小说比做史诗(epic)。大家知道史诗是叙事诗,叙述英雄的丰功伟业,场面广阔,人物繁多,格调崇高;这些史诗的特点,亚里斯多德《诗学》里都论到。菲尔丁不用韵文而用散文,不写英雄而写普通人,故事不是悲剧性而是喜剧性的,换句话说,他的小说就是场面广阔、人物繁多的滑稽故事。普通文学史或小说史上,总着重说菲尔丁的小说面域可包括整个英国,人物包括上

---

① 见《汤》第2卷第1章。
② 见《约》序。

中下各个社会阶层。这不就说明他的小说可称为"史诗"吗？

但是这还不是菲尔丁小说的全貌。他的理论反复说明的也远不止这几点。他不是泛泛把小说比一般史诗，他所说的史诗不仅有上面所说的几个特点，还具有亚里斯多德《诗学》中所论的各种条件。菲尔丁是把《诗学》中关于史诗的全套理论搬用过来创作小说。

《诗学》论得最精详的是悲剧，只附带说到史诗。亚里斯多德说一切悲剧的理论都能应用到史诗，史诗和悲剧只有某几方面不同。因此，把悲剧的理论应用到史诗或小说上，还需要引申和解释。至于喜剧，《诗学》里讨论的部分已经残缺。①菲尔丁写的是喜剧性的史诗。什么是喜剧性，《诗学》所论很简略，也需要引申。这类的解释和引申，文艺复兴时代多少批评家早已下过功夫。法国十七世纪的批评家承袭了意大利文艺复兴的理论，又从而影响了英国十七世纪末十八世纪初的文坛。②菲尔丁的小说理论大多就依据法国十七

---

① 详见艾特金斯（J. W. H. Atkins）《古代文艺批评》（*Literary Criticism in Antiquity*）第 1 册 167—168 页。

② 见斯宾冈（J. E. Spingarn）《文艺复兴时代的文艺批评》（*Literary Criticism in the Renaissance*）246、294 页。

世纪的批评家，尤其是勒·伯需（René Le Bossu）的《论史诗》①（*Traité du Poëme épique*）。这本书的英译本在十七世纪末出版，十八世纪初在英国风行一时。②菲尔丁把勒·伯需跟亚里斯多德和贺拉斯并称③，可见对他的推重。

我们细看菲尔丁的理论，可分别为二类。（一）引用《诗学》的理论。这是他理论的主体，在他引用的去取之间，可以看出他自己那套创作理论的趋向和重点。（二）引申和补充。菲尔丁或根据文艺复兴以来古典主义的理论，或依照自己的解释，讲得比较详细，这里更可以看出他本人的新见。下文我把他的理论归纳起来，作较有系统的叙述，再逐段对照他的蓝本加以说明。如有牵强附会，可以一目了然。

---

① 见狄容《菲尔丁的小说》284页。
② 艾迪生称勒·伯需为"当代最伟大的批评家"。他论弥尔顿（Milton）《失乐园》的几篇文章，都是按照勒·伯需《论史诗》里的规律来批评的。——每人丛书版（Everyman's Library）《旁观者》第1册546页；又第2册496页。菲尔丁最佩服的夏夫茨伯利伯爵（Shaftesbury）也把勒·伯需称为法国最伟大的批评家——罗伯生（J. M. Robertson）编注本夏夫茨伯利《论特性》（*Characteristics of Men, Manners, Opinions, Times, etc.*）第1册94页。
③ 见《汤》第11卷第1章。

一 "散文体的滑稽史诗"

菲尔丁把他的小说称为"散文体的滑稽史诗"。他在《约瑟夫·安德鲁斯》序里一上来就说古代也有"滑稽史诗","史诗和戏剧一般,有悲剧性喜剧性的不同。荷马是史诗之祖,这两种史诗,他都替我们写下范本,只是后一种已全部遗失。据亚里斯多德说,他那部喜剧性的史诗和喜剧的比较,就仿佛《伊利亚特》和悲剧的比较。"他紧接着说明史诗也可用散文来写,他说:"史诗既有悲剧性喜剧性的不同,我不妨照样说,还有用韵文写的和用散文写的不同。那位批评家所举组成史诗的几个部分,如故事、布局、人物、思想、措词等,在散文体的史诗里件件都全,所欠不过韵节一项。所以我认为散文写的史诗应该归在史诗一类,至少并没有批评家以为该另立门类,另起名目。"他举了法国费内隆(Fénelon)的小说《代雷马克》(*Télémaque*)为例,尽管是散文写的,却和荷马的《奥德赛》一样算得是"史诗";而当时流行的传奇小说既没有教育意义,又没有趣味,和《代雷马克》这种小说性质完全两样。于是菲尔丁就说明滑稽小说是什么性质:"滑稽小说就是喜剧性的史诗,写成散文体。它和喜剧的不同,就仿佛悲剧性史诗和悲剧的不同。它那故事的时期较长,面域较广,情节较多,人物较繁。它和悲剧性的史诗比较起来,在故事和人物方面都有差别。一边的故事严肃正经,一边轻松发笑;一边的人物高贵,一边的地位低,品格也较卑微。此外在思想情感和文字方面也有不同;一边格调崇高,一边却是滑稽的。"

菲尔丁上文所说的"滑稽史诗"以及史诗和悲喜剧的同异完全是从《诗学》来的,"那位批评家"当然就是亚里斯多德,不指别人。亚里斯多德在《诗学》里说:荷马写的喜剧性和悲剧性的诗,都出人头地。他的《马吉悌斯》(*Margites*)和喜剧的关系,就恰像《伊利亚特》、《奥德赛》和悲剧的关系。①《马吉悌斯》就是菲尔丁所说已经遗失的喜剧性史诗。②《诗学》指出悲剧和史诗的几点分别。史诗是叙述体,用的韵节

---

① 见《诗学》1449a——根据布茄(S. H. Butcher)《亚里斯多德论诗与艺术,附〈诗学〉译本》(*Aristotle's Theory of Poetry and Fine Art, with a Critical Text and Translation of the Poetics*)。 以下所引《诗学》都根据这个本子。
② 夏夫茨伯利也提到荷马的《马吉悌斯》,见《论特性》第 1 册 130 页。这部遗失史诗还存留着五十六个零星片段,见勒勃(Loeb)古典丛书本《海修德,荷马的赞美诗与荷马的杂诗》(*Hesiod, Homeric Hymns and Homerica*)537—539 页。

也和悲剧不同。悲剧只演一周时左右的事,史诗却没有时间的限制。①还有一层,悲剧不能把同时发生的几桩事情一起在台上扮演,观众只能看到事情的一面;史诗是叙述体,同时发生的许多事情可以分头叙述,这就增加了诗的分量和诗的庄严。史诗有这点便宜,效果可以更加伟大;故事里添上多种多样的情节,听来也更有趣味。②《诗学》又指出悲剧和喜剧的几点分别。作者性格不同,他们的作品就分两个方向。一种人严肃,他们写高尚的人,伟大的事;一种人不如他们正经,他们写卑微的人物和事情。前者歌颂,后者讽刺。③前者成为悲剧作家,后者成为喜剧作家。④《诗学》这几段话比菲尔丁讲得详细,我们对照着看,就知道菲尔丁确是根据《诗学》的理论。

《诗学》分别了史诗和悲剧,悲剧和喜剧,接着就专论悲剧。悲剧摹仿一桩人生有意义的事件(action)。这件事情有头有尾,首尾相承;开头什么情节,引起以下的情节,造成末后

---

① 见《诗学》1449b。
② 同上书,1459b。
③ 同上书,1448b。
④ 同上书,1449a。

的结局。这些情节的安排布置，就是故事的布局（plot）。布局是组成悲剧的第一个部分。故事里少不了人物，人物各有性格（character），有思想（thought）。性格决定他们采取何种行动。人物的性格是组成悲剧的第二个部分。人物的思想表现在他们的言谈中；思想是组成悲剧的第三个部分。把意思用文字表达出来，称为措词（diction）；措词是组成悲剧的第四个部分。加上戏里的唱歌和布景，共有六个部分①，这六个部分里，最重要的是布局。因为悲剧的宗旨是描摹人生，人生是人的为人行事，得在语言行动里显示出来，绝非单凭空洞的性格所能表现。亚里斯多德所谓布局，包括人物和情节两者，不是指一个故事的死架子。整个故事里一桩桩事迹是情节，情节的安排是布局。情节从人物的性格和思想发生，人物的性格和思想又在情节里表现。故事在观众前一步步演变，人物的性格和思想也在一点点展开；人物的性格和思想支配着故事的演变，故事的演变表现出人物的性格和思想。这个逐点展开、逐步演变的故事是个活的东西。他怎样展开，怎样演变呢？依凭它的布局。②所以亚里斯多德把布局

---

① 见《诗学》1450a。
② 见布茄《亚里斯多德论诗与艺术》第9章。

称为"悲剧的灵魂"。①史诗叙述而不扮演,不用唱歌和布景;除掉这两部分,史诗和悲剧的组成部分是相同的②,应用的规则也都相同。③史诗虽然比悲剧长,每个情节可以长得像个小故事,史诗和悲剧的布局,也还是适用同样的规则。④我们已经看到菲尔丁列举的史诗组成部分,假如我们再看了《约瑟夫·安德鲁斯》里亚当斯牧师论《伊利亚特》的一段话⑤,就知道菲尔丁对每一个组成部分都采取了《诗学》里的解释。他还有一点儿发挥。《诗学》说史诗不用布景。菲尔丁以为史诗里也有布景,不过不是道具的布景,而是用文字描摹出来的布景。所以我们在史诗的组成部分里还可添上用文字描画的布景。

史诗可用散文写,这点意思菲尔丁也有根据。对他起示范作用的塞万提斯在《堂吉诃德》里就有这句话⑥;塞万提斯是

---

① 见《诗学》1450a。
② 同上书,1459b。
③ 同上书,1449b。
④ 同上书,1459a。
⑤ 见《约》第3卷第2章。虽然出于书中人物之口,显然也是菲尔丁的意见。
⑥ "史诗既可以用韵文写,也可以用散文写。"——见《堂吉诃德》上册(人民文学出版社一九七八年版)435页。

采用西班牙十六世纪文艺批评家品西阿诺（El Pinciano）的理论。①菲尔丁熟读《堂吉诃德》，不会忽略了这句话。其实亚里斯多德在《诗学》里早说，诗人或作家所以称为诗人或作家，因为他们创造了有布局的故事，并不是因为他们写作的体裁是有韵节的诗。②法国十七世纪的批评家根据这点，大多认为史诗可用散文来写。勒·伯需以为用散文写的史诗虽然不能称为"史诗"（poëme épique），仍不失为"有诗意的史"（epopée）③；换句话说，虽然没有史诗的形式，还保持史诗的精髓。所以摹仿荷马《奥德赛》的《代雷马克》，菲尔丁以为该算史诗，他自己的小说也是史诗。

我们从菲尔丁以上几段理论以及他根据的蓝本，可以得出下面的结论。他的小说师法古代的史诗，不但叙述情节复杂，而且人物众多，故事中还有布局、人物的性格和思想、布景、措词等组成部分。小说的布局和悲剧的布局一样，只是小说里

---

① 见贝尔（Aubrey F. G. Bell）《塞万提斯评传》89 页。
② 见《诗学》1451b。
③ 见布雷（René Bray）著《法国古典主义理论的形成》（*La Formation de la Doctrine Classique en France*）246—247 页，又见狄容《菲尔丁的小说》285 页。

的人物和措词跟悲剧里的不同。他写的是卑微的人物和事情，用的是轻松滑稽的辞令，体裁是没有韵节的散文。这就是菲尔丁所谓"散文体的滑稽史诗"。

二 严格摹仿自然

这种小说该怎样写法呢？菲尔丁把一切规律纳入一条总规律："严格摹仿自然"。无论描写人物或叙述故事，他都着重"严格摹仿自然"。按十八世纪初期的文学批评，合自然就是合理，也就是合乎亚里斯多德和贺拉斯的规则。①贺拉斯主张取法古希腊的经典作家，以为荷马是最好的模范②；同时，他又劝诗人把人生作为范本，按照着临摹。③菲尔丁处处要摹仿自然，又处处称引古人，师法古人，自称《约瑟夫·安德鲁斯》摹仿《堂吉诃德》的作者塞万提斯④，《阿米丽亚》摹仿

---

① 见斯宾冈著《文艺复兴时代的文艺批评》149—151 页；又威利（Basil Willey）著《十八世纪背景》（*The Eighteenth-Century Background*）18—20 页。
② 见《诗艺》368—370 行，73—75 行，136—153 行。
③ 同上书，309—323 行。
④ 见《约》的详细书名。

维吉尔①，显然他对"合自然"的见解多少没有脱离他时代的看法。其实他所谓"摹仿"无非表示他师法经典作家——师法自古以来大家公认为合乎自然的作品，并不是亦步亦趋地依照着学样。根据他下面的理论，他虽然尊重古人的规则，推崇经典著作，他只把现实的人生作为衡量的标准，对传统的理论只采取"严格摹仿自然"的部分。

菲尔丁描写人物的理论，可分为三点来讲：第一，关于摹仿自然；第二，关于概括共性；第三，关于描写个性。

菲尔丁认为描写人物应该严格摹仿自然，不夸张，不美化。可笑的人物到处都有，不必夸张②；眼前看见的漂亮女人也够可爱，无需美化。③他不写完美的人物，人情中见不到的东西他都不写。④他的人物，在大自然登记簿上都有存根⑤；假如读者觉得某人某事不可理解，只要细看自然这本大书，自

---

① 见《花果市周报》（*Covent-Garden Journal*）第8期——建生（G. E. Jensen）编注本第1册186页。

② 见《约》序。

③ 见《汤》第4卷第1章。

④ 同上书，第3卷第5章。

⑤ 同上书，第9卷第1章。

会了解①；他明知某人行为古怪，但读者只要查看大自然里存在的原本，就知真有其人②；他处处严格贴合自然的真相，读者可仔细看看人物的行为是否自然。③尽管读者对某一人物不大赞成，他的责任是按照人情来描写，不是随着他的愿望来描写④；他是要描写合乎自然的人物，不是完美的人物。⑤菲尔丁还认为人物该直接向自然临摹，若照书本里的人物依样画葫芦，那就是临摹仿本，得不到原本的精神⑥；摹仿古人是不行的，必须按照自然描摹。⑦菲尔丁这种严格按自然描摹人物的理论是他自己的见解，和《诗学》的主张有显著的不同。《诗学》泛说艺术创造人物，有的比真人好，有的比真人坏，有的恰如真人的分。接着各举例子，说荷马的人物就比真人好。喜剧的人物总描摹得比真人坏，悲剧的人物总描摹得比真人好。⑧又

---

① 见《汤》第16卷第8章。
② 同上书，第7卷第12章。
③ 见《阿米丽亚》（以下简称《阿》）第2卷第2章。
④ 见《阿》第10卷第4章。
⑤ 见《江奈生·魏尔德》（以下简称《江》）第4卷第4章。
⑥ 见《汤》第9卷第1章。
⑦ 同上书，第14卷第1章。
⑧ 见《诗学》1448a。

说，悲剧既是描摹出类拔萃的人物，应该取法优良的人像画家；他们的画像分明和真人相似，却比真人美。①菲尔丁写的是喜剧性的人物，但是他并不赞成把他们描摹得比真人坏；他只取一个方法：如实描摹得和真人一样。

描摹逼真并不是描摹真人，而是从真人身上看出同类人物共同的性格，把这种共性概括出来，加以描摹。菲尔丁承认他的人物确是从真人中来的，但是他声明："我不是描写人（men），只是描写他们的性格（manners）；不是写某某个人（an individual），只是写某某类型（a species）。"譬如书里的律师，不但真有其人，而且四千年来一向有这种人，将来还一直会有。这种人尽管职业不同，宗教不同，国家不同，他们还是同类人物。又譬如那客店的女掌柜，尽管在不同的时代不同的地位，她们终究是同类。②菲尔丁不写个人而写类型，就是《诗学》所说喜剧不该抨击个人的意思。③同时他也就写出了《诗学》所谓普遍的真实。④

---

① 见《诗学》1454b。
② 见《约》第 3 卷第 1 章。在十八世纪的英文里"manners"等于性格（character），参看《牛津英文大字典》里"manners"解释之四 a。
③ 见《诗学》1448b。
④ 同上书，1451b。

所以小说里具有人类共性的人物比历史上的真人来得普遍；不仅个别的某人如此，许多人都如此。最有普遍性的人物，在各地各时代都是真实的。塞万提斯笔下的堂吉诃德就是例子。①

但是菲尔丁以为小说家不但要写出同类人物的共性，还需写出每个人物的特性。荷马《伊利亚特》里一个个英雄的性格都是特殊的。②同一职业的人大多有些相同的品性，但是相同的品性有各别的表现；有同样毛病的人，性格还自不同。好作家能保存同类人物的共性，同时又写出他们特殊的个性。③滑稽小说家写的人物既不是历史上的真人，就必须把他们的个性写得合情合理，才和真人相似。要写得合情合理，当注意两点：（一）人物的言谈举动应该跟他们的性格合适。譬如一件事在某人行来不过是意想不到，另一人行来就是不可能。（二）人物的性格当前后一致，不能因故事的转折，改变了人物的性格。作者需洞悉人情，观察入微，才能做到这两点。④菲尔丁关于描写个性的两点，就是《诗学》所说的适合身份和前后

---

① 见《约》第3卷第1章。
② 同上书，第3卷第2章。
③ 同上书，第10卷第1章。
④ 同上书，第8卷第1章。

一致，反复无常的性格，也该一贯地反复无常①；这也就是贺拉斯所说：人物的言谈举动当适合身份，性格当一贯到底②；也就是法国十七世纪批评家所讲究的人物性格的适当（la bienséance）。③但菲尔丁紧接着就说作者需能洞悉人情，观察入微；可见他把这些理论建立在亲身的实践基础上。

菲尔丁叙说故事的理论也可分三点来讲：第一，关于"据事实叙述"；第二，关于情节的选择；第三，关于情节的安排。

菲尔丁认为小说家的职责是据事实叙述④，尽管读者责备某某人物的行为不道德，他还该老老实实地叙述真事⑤，尽管读者以为某人的行为不自然，"这怪不得我们，我们的职责只是记载事实"⑥；"事实如何，我得照着叙述，读者如果觉得不自然，我也没办法。也许他们一上来看不顺眼，仔细想想，就承认不错了"⑦；如果事情不合读者口味，"我们讲来也很抱

---

① 见《诗学》1454a。
② 见《诗艺》114—127行。
③ 见布雷著《法国古典主义理论的形成》215—230页。
④ 见《汤》第7卷第12章。
⑤ 同上书，第9卷第5章。
⑥ 同上书，第14卷第5章。
⑦ 同上书，第12卷第8章。

歉，但我们说明是严格按照史实，不得不据实叙述"①；他坐下写这部故事的时候，打定主意，决不讨好任何人，他的笔只随着自然的途径走②；他的范围只限于事实③；他的材料全是从自然中来的。④这里菲尔丁所谓严格按史实叙述，并不是叙述历史上的实事。他不过主张正视人生的丑相，不加粉饰；这和他主张严格按自然描摹人物，不美化，不夸张，同一意义。菲尔丁明明白白地说，他的小说不是枯燥乏味的历史，他不是写家常琐屑的人和事，他写的是奇情异事。⑤他不是笨笨实实地按时代记载；他有话即长，无话即短，有非常的事值得记载，就细细描写一番，否则就跳过几年，一字不著。⑥他要严格遵守贺拉斯的规则，凡写来不是有趣动人的，一概略过。⑦他以为好作家写的故事只要在情理之内，不必琐屑、平凡、庸

---

① 见《汤》第5卷第10章。
② 同上书，第3卷第2章。
③ 同上书，第2卷第4章。
④ 同上书，第12卷第12章。
⑤ 同上书，第1卷第3章。
⑥ 同上书，第2卷第1章，第3卷第1章。
⑦ 同上书，第7卷第6章。

俗，也不必是家家都有，天天常见的。①他们最好摹仿聪明的游历者，要到了值得流连的地方才逗留下来。②菲尔丁以上的话，说明他不是叙述日常真实的事，只是要从实事上概括出人生的真相，选择希奇有趣的事，按人生真相加以描摹。

菲尔丁认为小说家既不是叙述实事，就需把故事讲得贴合人生真相，仿佛实事一般。而且喜剧性的故事讲普通人卑微的事，不比悲剧性的故事从历史取材，有历史根据，有群众的习知惯闻作为基础；所以喜剧性的故事尤需严格贴合真相。要做到这点，选取题材时，需遵守两条规律：（一）不写不可能（impossible）的事；（二）不写不合情理（improbable）的事。菲尔丁说，一般人对这两条规律有两种看法。法国批评家达西埃（Dacier）以为事情虽不可能，只要合乎情理，也就可信。另有种人只要自己没有身经，就说是不可能。这两个极端都不对。不可能的事总是不可信的。诗人喜欢幻想，以为凭他们的想象，可以海阔天空，任意捏造。譬如荷马讲神奇怪诞的故事，人家就拿这话替他辩护。其实上帝天使之类不能写到小说

---

① 见《汤》第8卷第1章。
② 同上书，第11卷第9章。

里去①,现代作家若要写神怪,只可以写鬼;但这像药里的砒霜,少用为妙,最好还是不写。菲尔丁说他写的只是人;他叙的事,绝不是人力所不及的事。另一方面,菲尔丁以为事情尽管离奇,尽管不是人人习见的,也可以合情合理。他说,好像亚里斯多德或别的权威说过,"诗人不能借口真有其事,就叙述令人不能相信的事。"但小说家该写真事;只要真有其事,就该据实写,不得删改。老实说,小说家果然只写真实的事,也许写得离奇,绝不会不合情理。假如小说家自己明知是假,不论怎么证实,写出来只是传奇罢了。故事若写得入情入理,那就愈奇愈妙。②

菲尔丁以上一段也是他自己的见解,跟《诗学》和法国十七世纪批评家的理论略有不同。《诗学》以为史诗可以叙述不可能、不合理的事;只要叙述得好,听众也会相信。③法国十七世纪的批评家大多根据《诗学》,以为史诗必须写神奇怪

---

① 古典主义的文评反对在史诗里采用基督教的神话作为题材,参看法国古典主义大权威布瓦洛(Boileau)《诗的艺术》(*L'Art poétique*)第三篇第193—204行对那些"糊涂作者"把基督教徒信仰的(La Foi d'un Chrétien)上帝、圣人和先知都搬出来的一节批评。
② 见《汤》第8卷第1章。
③ 见《诗学》1460a。

诞。①勒·伯需以为听众如果已经准备着要听奇事，故事略为超出情理也不妨。②但菲尔丁把神怪的因素完全摒弃，以为那是不可能的事，小说里不该写。这就和史诗的写作大不相同。历来的史诗，如荷马的《伊利亚特》和《奥德赛》，维吉尔（Virgil）的《埃涅阿斯纪》（Aeneid）都有神奇怪诞的成分。至于情节合情合理这点，《诗学》这样说：历史记曾经发生的事，诗写可能发生的事；某种人在某种场合，总是按照合情合理的或必然的原则来说话行事。所以诗里描写的合情合理的事，比历史上的事来得普遍，来得真实。③这种真实，就是法国十七世纪批评家所讲究的"贴合人生真相"（la vraisemblance），他们以为喜剧写卑微的人和事，不从历史上取材，所以尤其需要遵照可能或必然的原则。④菲尔丁虽然采用这些理论，却补充说，只要真有其事，便是可信的。他仍是着重临摹"自然的范本"。

菲尔丁所说叙事当合情合理，不仅指故事的个别情节，而是说整个故事都应该合情合理。这就是说：情节的安排也该合

---

① 见布雷著《法国古典主义理论的形成》232页。
② 同上书，234页。
③ 见《诗学》1451b。
④ 见布雷著《法国古典主义理论的形成》334页。

情合理。所以他说，假如事情纠结得分解不开，我们宁可按可能的情形，叫主角上绞台，却不能违反真实，请出神道来排难解纷。虽说万不得已时可借助神力，我却决不应用这份权力。①不能借助神力，就是《诗学》所说：故事的布局应该按照合情合理或必然的原则，故事里情节的纠结以及纠结的解除都应该从故事本身发生，不能到"关头紧要，请出神道"（deus ex machina）。②贺拉斯论得比较宽，他说"除非到故事的纠结非神力不能排解的时候，不要用神道来干预人事"。③菲尔丁虽然引贺拉斯的话，却应用《诗学》的原则。同时，他还是着重观察人生，"留心观察那些造成大事的种种情节和造成这些情节的细微因素"④，看出"情节间非常微妙的关系"⑤，按照这微妙的道理来安排故事。

菲尔丁不赞成夸张——不是说文学上不准有夸张的作品，他承认自己的闹剧就是夸张胡闹的，他只说"滑稽史诗"不

---

① 见《汤》第17卷第1章。
② 见《诗学》1454a—1454b。
③ 见《诗艺》191—193行。
④ 见《阿》第1卷第1章。
⑤ 见《汤》第11卷第8章。

该夸张,夸张就不合自然,虽然引人发笑,笑来究竟没有意义。人生到处有可笑的事,只要观察入微,随处可得材料,用不着夸张。滑稽作家惟一可以夸张的地方就是措词。他小说里常用夸张的笔法,套着经典名作的腔调来绰趣取笑。只要人物故事贴合自然,尽管措词夸张,仍不失为贴合自然的小说。①

三 "滑稽史诗" 取材的范围

菲尔丁说,他的题材无非人性(human nature)②,但是他只写可笑的方面。③什么是可笑呢?菲尔丁认为应该解释几句,因为一般人颇多误解,而且爱下界说的亚里斯多德没有界说究竟什么是可笑的;只说喜剧不该写罪恶,却没说应该写什么。法国贝尔加德(Abbé Bellegarde)写过一篇论可笑的文章,却没有追溯出可笑的根源。菲尔丁认为可笑的根源出于虚伪。虚伪又有两个原因:虚荣和欺诈。出于虚荣的作伪不过掩饰一

---

① 见《约》序。
② 见《汤》第1卷第1章。
③ 见《约》序。

部分真情，出于欺诈的作伪和真情完全不合。揭破虚伪，露出真情，使读者失惊而失笑，这就写出了可笑的情景。揭破欺诈的虚伪更使人惊奇，因此越发可笑。但是罪恶不是可笑的。大的罪恶该我们愤恨，小些的罪过值得我们惋惜。至于人生的灾祸、天然的缺陷，如残疾、如丑陋、如穷困，都不是可笑的事。不过穷人装阔绰、残疾充矫健、丑人自谓娇美，那就可笑了。可笑的事物形形色色，不知多少，但追溯根源，无非出自虚伪。①这段理论，菲尔丁后来大约觉得还没说出一切事物的可笑的根源，所以在他办的报刊中对这问题有一点补充。他根据康格利芙（Congreve）和本·琼森（Ben Jonson），以为偏僻的性格使人物举动可笑。又引贺拉斯的话：一个人的性格如过于偏向一面，便是偏于美德的一面，也可使明白的好人做出傻事或坏事来。贝尔加德也说：一个极好极明白的人，这样就不免愚蠢犯过。②

以上菲尔丁论可笑的一段，和《诗学》所论相符。《诗学》说，可笑是丑的一种，包括有缺陷的或丑陋的，但这种缺陷或

---

① 见《约》序。
② 见《花果市周报》第55期——建生编注本第2册62页。

丑陋并不是痛苦的或有害的。①这就是说，可笑的是人类的缺点，这笑不含恶意，并不伤人。②从菲尔丁本人的话和他根据的理论，可见菲尔丁所谓可笑，只是人类的偏执，痴愚，虚伪等等；笑是从不相称的对比中发生的。他的"滑稽史诗"里只写这类可笑的人物和事情。他虽然偶然写到罪恶，那是因为人世间避免不了，况且不是故事的主要线索，那些人物也不是主角，写来也不是为了招人发笑，他们的坏事也并没成功。③

四 笑的目的以及小说的目的

菲尔丁说，他的闹剧可把郁结在心的沉闷一泻而清，叫人胸怀间充溢着和爱、欣喜之感。但是这种夸张胡闹引起的笑，比不上贴合自然的作品所引起的笑。夏夫茨伯利伯爵认为古代没有这类夸张胡闹的作品④，菲尔丁并不完全赞成这话，但是

---

① 见《诗学》1449a。
② 见布茄《亚里斯多德论诗与艺术》第10章。
③ 见《约》序。
④ 见《论特性》第1册51页。

他承认贴合自然的作品所引起的笑更有意义,也更有教益。①这种有意义有教益的笑不是为讽刺个人,却是要"举起明镜,让千千万万的人在私室中照见自己的丑相,由羞愧而知悔改"。②他要"尽滑稽之能事,笑得人类把他们爱干的傻事坏事统统改掉"。③又说要"写得小说里满纸滑稽,叫世人读了能学得宽和,对别人的痴愚只觉好笑;同时也学得虚心,对自己的痴愚能够痛恨"。④

菲尔丁所谓"举起明镜"的一段话,就是西塞罗(Cicero)论喜剧的名言:"喜剧应该是人生的镜子,风俗的榜样,真理的造象。"⑤ 塞万提斯在《堂吉诃德》里引用了这话,还补充说:"在一出精心结构的戏里,诙谐的部分使观客娱乐,严肃的部分给他教益,剧情的发展使他惊奇,穿插的情节添他的智慧,诡计长他识见,鉴戒促他醒悟,罪恶激动他的义愤,美德引起他的爱慕。不论多蠢的人,看了一出好戏心里准有以上种种感

---

① 见《约》序。
② 同上书,第3卷第1章。
③ 见《汤》献词。
④ 同上书,第13卷第1章。
⑤ 见艾特金斯著《古代文艺批评》第2册38页。

受。"① 莎士比亚《哈姆莱特》里也引西塞罗这句话，说演戏的宗旨是：使自然照一下镜子，使德行自睹面目、轻狂瞧见本相，使当时的世道人情看清自己的形态和印象。② 人类见到自己的丑相，由羞愧而知悔改，正是夏夫茨伯利所说"笑能温和地矫正人类的病"，"有残缺的东西才可笑，只有美好公正的东西才不怕人笑。"③ "滑稽史诗"所引起的笑，因此就有意义，有教益。

菲尔丁认为一切小说都该在趣味中搀和教训。他在《江奈生·魏尔德》里说：读了这类记载，不但深有趣味，还大有教益。活现的榜样比空口教训动人得多。又在《阿米丽亚》里说：这类记载可称为人生的模范，读者可学到最实用的艺术——人生的艺术。菲尔丁把小说当做具体示例的教训，这点和亚里斯多德的见解不同。亚里斯多德以为艺术是由感觉来动人的情感，目的是快感。④ 菲尔丁不是用抽象的说理来教训人；他用具体的事例来感化人，也是由感觉的途径，只是目的不为快感。实

---

① 见《堂吉诃德》第一部第48章。
② 见《哈姆莱特》第三幕第二景24—26行。
③ 见《论特性》85页。
④ 见布茄《亚里斯多德论诗与艺术》第5章。

例好比活现的画,叫人看了不必用辩论推动就会感动,譬如吴道子画地狱变相,"屠酤渔罟之辈,见者皆惧罪改业"①,菲尔丁写小说也仿佛这个用意。贺拉斯以为诗应当有趣味或有教益,最好兼有二者。②勒·伯需在《论史诗》中也说:"史诗的宗旨不过是叫人改恶归善"。③菲尔丁写小说的宗旨,就是要兼娱乐和教诲,在引笑取乐之中警恶劝善。

五 小说家必备的条件

菲尔丁以为小说家要写他讲的这种小说,应当具备以下四个条件,缺一不可。这四个条件,其实也仿佛中国传统文评所讲的四个条件:才、学、识、德。④

第一是天才。他引贺拉斯的话:作家如果缺乏天才,怎么学写也写不成。菲尔丁以为天才是鉴别事物的能力,既能发现,又能判断,这种创见和识见都是天赋的。发现并不指凭空捏造,

---

① 见董逌《广川画跋》卷一《书杨杰摹地狱变相后》。
② 见《诗艺》333—346 行。
③ 见狄容著《菲尔丁的小说》285 页引。
④ 见章学诚《章氏遗书》卷二"文德"篇。

却是一种敏锐的择别力,能体察到事物深处,得其精髓。这种能力往往和判断力相结合,因为能判断才能择别——用中国的旧话来说,有"识"才能有"才"。有些糊涂人以为能发现的往往不能判断,显然不对。①有天才就能看透表面,直看到底里的真相,于是抉扬出可笑之处,供人笑乐和教益。②

  第二是学问。菲尔丁说,这点如需权威的支持,他可举出贺拉斯和许多别人。天赋的才能只好比工具。有了工具,还需把它磨得锋利,还需知道怎样运用,还需有材料,三者都靠学问。学问磨快你的工具,教你怎么运用,还能供给一部分材料。所以作家非有文学历史的知识不可,如荷马、弥尔顿都是饱学之士。③又说:"近代的批评家认为作者任何学问都不需要,学问只是累赘,使作家的想象力不得自由,不能任意飞翔。但是跳舞师学了跳舞未见得行动就呆板,技工学了手艺未见得就不会使用工具,写作的艺术为什么不同呢?假如荷马、维吉尔和现代的作家一般空疏无学,难道他们的作品更会好

---

① 见《汤》第9卷第1章。
② 同上书,第13卷第1章。
③ 同上书,第9卷第1章。

吗？西塞罗以为修辞家该有各种各样的修养，我并不主张作家该有那般修养，我只说，作家写到一个题目，对那一门学问，该有些常识。"①

第三是经验。这是书本里得不到的。若要知道人，非经验不可。书呆子最不通人情，因为书里尽管描摹得好，真正的人情一定要在实际生活里才体察得到。一切学问都如此，不能单凭书本，一定要实行之后有了经验，学问方会到家。学种花应该到花园里去，学演戏应该摹仿真人。作家要描摹真实的人，需到实际生活里去体察。而且应该体察得普遍，应该和上下各阶层的人都有交接。熟悉了上层社会，并不能由此就了解下层社会。单熟悉上层社会或下层社会也不够，因为只熟悉一面，描写时就不能对比；社会各阶层各有痴愚处，要对比着写才越显得分明，越见可笑。②作家不仅要熟悉各阶级的人，还该知道好好坏坏各式各样的人，从大官到地保，从爵夫人到店主妇，这样方能够知道人类的品性③；惟有凭经验，才能真正了

---

① 见《汤》第14卷第1章。
② 同上书，第9卷第1章。
③ 同上书，第11卷第1章。

解天下的事。①

第四是爱人类的心（humanity）。作家如果麻木不仁，便是具备以上三个条件也是徒然。菲尔丁又引贺拉斯，说作者需自己先哭，才能叫人哭。所以作者自己没有感动，就不能动人。最动人的情景是作者含着泪写的；可笑的情景是作者笑着写的。②真正的天才，心肠往往也仁厚。作者要有这种心肠，才写得出有义气的友谊，动人的情爱，慷慨的气量，真诚的感激，温厚的同情，坦白的胸怀；才能使读者下泪，使他激动，使他心上充溢着悲的、喜的、友爱的感情。③

菲尔丁所讲的四个条件基本上根据贺拉斯的话，也参照了法国十七世纪批评家的理论。亚里斯多德只说："做诗或者由天赋的才能，或者由一点儿疯狂。有天赋的才能，一个人就能设身处地，有点儿疯狂，就能跳出自我。"④贺拉斯就讲得比较完备："人家常问，一首好诗究竟凭天才，还是凭艺术呢？照我看来，如果没有天才，学也没用；如果不学，有才也没用。

---

① 见《汤》第14卷第1章。
② 同上书，第9卷第1章。
③ 同上书，第13卷第1章。
④ 见《诗学》1455a。

所以二者该互相辅佐。运动场上得锦标的人，自小经过严格的训练，音乐家也是跟严厉的老师学习出来的。"①又说：智慧是好作品的源头。作家从哲学家的书籍中学得了智慧，就该到实际生活中去临摹活的范本。②又说："人家看了笑脸，自然会笑；看见人家哭，也会陪哭。你若要我哭，你先该心上觉得悲伤。"③贺拉斯以为天才和艺术修养一般重要，有智慧还需有经验，要感动人自己需有情感。这和菲尔丁所说的四点略有出入。法国十七世纪的批评家论作家的条件和菲尔丁所论更相近。他们认为作家有三个条件。第一需有天才，这是古来一切批评家公认的，只是什么叫天才，众说不一。十七世纪的批评家如拉班（Rapin）以为天才是想象力和判断力的结合，二者互相钳制。他们都承认天才是第一条件。第二是艺术修养。天才重要，还是艺术修养重要呢？当时颇多争论，但一般认为艺术修养是第二条件。第三是学问，作者当然不能精通各门学问，但

---

① 见《诗艺》408—411行。
② 同上书，309—318行。
③ 同上书，101—103行。狄德罗（Diderot）在《关于演员的诡论》（*Paradoxe sur la Comédien*）里反驳这种理论。——见《七星丛书》（*Bibliothéque de la Pléiade*）版《狄德罗集》1041、1087页。

作者需有广博的学问，写到一个题目，总该有点内行。①

菲尔丁着重观察实际生活，所以他所谓天才不是想象力和判断力的互相钳制，而是观察力和判断力的结合。他所谓学问，包括艺术修养和学问两项。他所谓经验，就是贺拉斯所谓"实际生活中临摹活的范本"。至于爱人类的心肠，那是菲尔丁自己的增补。

六　讲故事和发议论

菲尔丁有一点声明是违反亚里斯多德的主张的。他说："我是要扯到题外去的，有机会我就要扯开去。"②又说："对不起，我要像古希腊戏剧里的合唱队一般上台说几句话"，因为"我不能叫书里的角色自己解释，只好自己来讲解一番"③。亚里斯多德分明说："荷马有一点独到的妙处，惟有他知道诗人的本分。诗人露面说话，越少越好，因为这本来就不是描摹

---

① 见布雷著《法国古典主义理论的形成》85—98页。
② 见《汤》第1卷第2章。
③ 同上书，第3卷第7章。

了。别的诗人描摹少,常在自己的戏里露脸。"① 但菲尔丁本着他"作者自定规则"的精神,声明自己有权利搬个椅子坐在台上,指点自己戏里的情节和人物作一番解释和批评。

七 "滑稽史诗"和传记

还有一点很值得我们注意。菲尔丁把自己的小说称为"滑稽史诗",但是他的《弃儿汤姆·琼斯传》按题目就是传记。一方面他要自别于传奇(romance)的作者,就自称史家(historian),把作品称为真史(true history)②;同时他又要自别于历史家,就自称传记家(biographer)。③ 其实他所谓真史,也就是传记的意思。但是传记和史诗并不是一样东西。是传记就不是史诗,是史诗就不是传记,因为史诗有完整紧凑的布局,传记只凭一个人的一生作为贯穿若干事件的线索。亚里斯多德说:"同一主角的事,并不造成统一的故事;一人生平的事迹

---

① 见《诗学》1460a。
② 见《约》第3卷第1章。
③ 同上书,第2卷第1章;第3卷第1章。

可有千种百样，不能归纳成一个故事"；他推崇荷马，以为荷马能看到这一点，所以《奥德赛》并不包括主角一生的经历，它跟《伊利亚特》一样都拿一桩事做中心。①史诗既有统一的布局，叙事也极勾连紧密，不像传记那样叙事松懈，可增可省。贺拉斯指出荷马史诗劈头从故事中心叙起（in medias res）。②《伊利亚特》故事开头时，特洛亚城被围已近十年，荷马立刻就讲到阿基琉斯和主将吵架，至于战事的开端到后面才有补笔。《奥德赛》也不先讲主角如何动身回乡，却从他漂流十年后将要到家时叙起。这两部史诗，都不是"有话即长，无话即短"、从头闲叙起的。菲尔丁常常称引贺拉斯，却一次也没引"故事当从半中间叙起"的话，这点是很有趣的。

在菲尔丁那时候，"历史"（history）就是"传记"（biography）。"历史的"（historic）就和"浪漫的"（romantic）相对，传记或"真史"也就是传奇的对称，法国十七世纪后半叶写作小说的倾向是反对满纸荒唐的传奇，而要使读者读来仿佛有读历史那样的真实感，因此小说往往挂个"真史"或"真传"

---

① 见《诗学》1451a。
② 见《诗艺》148—149行。

的招牌。一来掮了历史的牌子可以冒充真实，二来可以抬高小说的声价，因为小说向来只供人消遣，而历史供人借鉴，有教育意义。有的小说从历史取材，借个背景或借几个人名。拉斐德夫人（Mme de la Fayette）的《克莱芙公主》（*La Princesse de Cleves*）是一例。有的小说捏造历史，说是从新发现的历史材料中得来。彭迪（Pontis）《达大安传》（*Mémoires de M. d'Artagnan*）——大仲马《侠隐记》的蓝本——就是一例。①这类传记在十八世纪的英国非常风行，英国小说家笛福（Defoe）也学到诀窍，他的《鲁滨孙漂流记》、《摩尔·弗兰德斯传》、《罗克莎娜夫人传》等都是这类捏造的历史。所以斯狄尔在《闲谈者》（*Tatler*）上嘲笑法国传记说："我以后要通知一切书店和翻译家：法国人所谓传记（memoir），只是小说（novel）的别称。"②十八世纪以来，小说"野史"的声价继续增高，到十九世纪，大仲马就可以说拉马丁（Lamartine）的《吉隆登党历史》（*Histoire des*

---

① 见梅（Georges May）《历史是否孕育了小说？》（*L' Histoire a-telle engendré le Roman?*），载《法国文学史杂志》（*Revue d' Histoire Littéraire de la France*）一九五五年四—六月号，155—162 页。

② 见一七〇九年十月二十二日《闲谈者》——波士登（Boston：Little Brown）一八六六年版第 2 册 296—297 页。

Girondins）"把历史抬高到小说的水平"。①把斯狄尔的话和大仲马的话对着看，我们可以了解这两百年里对文学各种体裁的看法的变化。

"历史""传记"的招牌并不能使故事显得真实，反而使人对真正的历史和传记都怀疑起来，以为也是捏造的东西。十八世纪初期勒萨日的现实主义小说《吉尔·布拉斯》不冒称历史，从此小说才不向历史依草附木，而另开门户；普雷奥（Prévost）、马里沃（Marivaux）等继起直追。②菲尔丁把《吉尔·布拉斯》称为"真史"，把塞万提斯、勒萨日、马里沃、斯加隆（Scarron），连他自己并称为"我们传记家"。③他所举的"传记家"，除了塞万提斯和他自己，都是法国现实主义小说作家。勒萨日和马里沃的作品还可算传记，斯加隆的《滑稽故事》（*Roman Comique*）就绝不能算传记。显然菲尔丁所谓传记只是指那种不是传奇而写现实的小说。其实最早把亚里斯多德《诗学》的理

---

① 见吉罗（Victor Giraud）辑本圣佩韦（Sainte-Beuve）杂记《我的毒素》（*Mes Poisons*）162 页。
② 见梅《历史是否孕育了小说？》——《法国文学史杂志》一九五五年四—六月号，169 页。
③ 见《约》第 3 卷第 1 章。

论应用在小说上的,文学史家承认是法国十七世纪小说家于尔菲(Honoré d'Urfé)。他那部风行的小说《阿斯特瑞》(Astrée)的布局和人物等等都按照亚里斯多德论史诗的规则。①法国十七世纪前期和中期的传奇作家都攀附史诗,自高身份。②菲尔丁可能也因为一般小说受人轻视,要抬小说的声价,所以把自己的小说比做史诗。③反正传奇或小说都不登大雅之堂,都要借史诗的招牌来装门面。传奇向来和史诗渊源很深,文艺复兴时代大批评家斯卡利杰(Julius Caesar Scaliger)就指出希腊赫利奥多罗斯(Heliodorus)的传奇小说《埃塞俄比亚人》(Aethiopica)模仿史诗④,故事也劈头从半中间说起。菲尔丁以为传奇小说不合人生真相,没有教育意义,所以算不得史诗。我们从他自称传记家这一点,想见他着重的是反映现实,不写实的小说便不是他所谓史诗。

---

① 见如尔维尔(Petit de Julleville)主编《法国语言文学史》(Histoire de la Langue et de la Littérature francaise)第4册413—415页。
② 见梅著《历史是否孕育了小说?》——《法国文学史杂志》一九五五年四—六月号,155页。
③ 见威雷克(René Wellek)著《近代批评史》(A History of Modern Criticism)第1册122页。
④ 见斯宾冈著《文艺复兴时代的文艺批评》36页。

以上从菲尔丁的作品里摘取了他的小说理论,也许可供借鉴之用。

一九五七年
(原刊于《文学评论》一九五七年第二期)

二 论萨克雷《名利场》

萨克雷（William Makepeace Thackeray）是英国十九世纪的批判现实主义小说家，《名利场》（*Vanity Fair*）是他的成名作品。车尔尼雪夫斯基称赞他观察细微，对人生和人类的心灵了解深刻，富有幽默，刻画人物非常精确，叙述故事非常动人。他认为当代欧洲作家里萨克雷是第一流的大天才。①

《名利场》描写的是什么呢？马克思论英国的狄更斯、萨克雷等批判现实主义小说家时说："他们用逼真而动人的文笔，揭露出政治和社会上的真相；一切政治家、政论家、道德家所揭露的加在一起，还不如他们揭露的多。他们描写了中等阶级

---

① 见《俄罗斯作家论文学著作》（*Русские писатели о литературном труде*）第 2 册 335—336 页。

的每个阶层：从鄙视一切商业的十足绅士气派的大股东、直到小本经营的店掌柜以及律师手下的小书记。"①《名利场》这部小说正是一个恰当的例子。英国在十九世纪前期成了强大的工业国，扩大了殖民地，加速了资本主义的发展。当时讲究的是放任主义和自由竞赛②，富者愈富，贫者愈贫，社会分裂成贫富悬殊的两个阶层。新兴资产阶级靠金钱的势力，渐渐挨近贵族的边缘；无产阶级越来越穷，困苦不堪。萨克雷说，看到穷人的生活，会对慈悲的上天发生怀疑。③他对他们有深切的同情④，而且觉得描写矿工和工厂劳工的生活可以唤起普遍的注意，这是个伟大的、还没有开垦的领域，可是他认为一定要在这个环境里生长的人才描写得好。他希望工人队伍里出个把像

---

① 见马克思恩格斯《论文艺》(*Über Kunst und Literatur*)，一九五三年柏林版254—255页。
② 莫登（A. L. Morton）《人民的英国史》(*A People's History of England*) 劳伦斯·惠沙特（Lawrence & Wishart）版380页。
③ 见《萨克雷全集》(*The Works of William Makepeace Thackeray*) 纽约柯列（Collier）公司版（以下简称《全集》）第22册108—109页；又第21册245—246页。
④ 萨克雷说，富人瞧不起穷人是罪恶。——见戈登·瑞（Gordon N. Ray）编《萨克雷书信集》（以下简称《书信集》）哈佛大学版第2册364页；他认为无产阶级的智慧一点也不输于他们的统治者，而且他们占人口的大多数，为什么让那样有钱的腐朽的统治者压在头上（《全集》第15册425—428页）。

狄更斯那样的天才，把他们的工作、娱乐、感情、兴趣，以及个人和集体的生活细细描写。①他自己限于出身和环境，没有做这番尝试。②《名利场》里附带写到大贵族，但是重心只在富商大贾、小贵族地主以及中小商人——马克思所谓"中等阶级的每个阶层"。这是萨克雷所熟悉的阶级。

萨克雷于一八一一年在印度出生，他父亲是东印度公司的收税员。他是个独生子，四岁时父亲去世，遗产有一万七千镑。他六岁回英国上学，按部就班，进了几个为世家子弟开设的学校。这一套教育不大配他脾胃。在中学他对功课不感兴趣，只爱读课外书籍；剑桥大学着重算学，他却爱涉猎算学家所瞧不起的文学和学院里所瞧不起的现代文学，他没拿学位就到德国游历，回国后在伦敦学法律。可是他对法律又非常厌恶，挂名学法律，其实只是游荡，把伦敦的各种生活倒摸得很熟。他觉得自己一事无成，再三责备自己懒散奢侈；他说回顾

---

① 见戈登·瑞编《萨克雷在〈晨报〉发表的文章汇辑》(*Thackeray's Contributions to the Morning Chronicle*) 一九五五年版77—78页。

② 萨克雷看到富人和穷人之间隔着一道鸿沟，彼此不相来往，有钱的人对穷人生活竟是一无所知（见《全集》第15册391—393页；第22册108页）。他说只有狄更斯描写过在人口里占大多数的穷人的生活（《全集》第22册103页）。

过去,没有一天不是虚度的。①

一八三三年冬,萨克雷存款的银行倒闭,他的财产几乎一扫而光,只剩了每年一百镑的收入。②这是对他的当头一棒,使他从懒散中振奋起来,也替他解除了社会地位所给予的拘束。像他出身于那种家庭,受过那种教育的人在当时社会上该走一定的道路,否则有失身份体面。他的职业不外律师、法官、医生、教士、军官;至于文人和艺术家,那是上流社会所瞧不起的。③萨克雷这时已经不学法律,正不知该走哪一条路。他破产后失掉了剥削生活的保障,可是从此跳出了腐蚀他的有钱有闲的生活,也打脱了局限他才具的绅士架子。所以他当时给母亲的信上说:"我应该感谢上天使我贫穷,因为我有钱时远不会像现在这般快乐。"④他几年后又劝母亲勿为他担忧,劳碌辛苦对他有好处,一个人吃了现成饭,会变得心神懒

---

① 见《书信集》第 1 册 152 页。

② 同上书,第 1 册 508 页;又见戈登·瑞著《萨克雷传》第 1 部《忧患的锻炼》(*The Uses of Adversity*),麦克格劳·希尔(McGraw-Hill)公司版 162 页。

③ 见《忧患的锻炼》163—164 页;又见《全集》第 20 册 48 页;第 14 册 435 页。

④ 见《书信集》第 1 册 271 页。

散、头脑糊涂的。①他从小喜欢绘画，决计到巴黎去学画。可是他不善画正经的油画，只擅长夸张滑稽的素描②，这种画没有多少销路，一年后，他觉得学画没有希望，就半途而废。他做了《立宪报》(Constitutional)的通信记者。一八三六年他和一个爱尔兰陆军上校的孤女依莎贝拉·萧结婚。她性情和顺，很像这部小说里的爱米丽亚。《立宪报》不久停刊，萨克雷回国靠写稿谋生。他处境虽然贫困，家庭生活却很愉快，不幸结婚后第四年依莎贝拉产后精神失常，医疗无效，从此疯疯癫癫到死。这是萨克雷生平的伤心事。

萨克雷在报章杂志投稿很多，用了不少笔名。他出过几部书，都获得好评。③但是他直到一八四七年《名利场》在《笨拙周报》(Punch)发表，大家才公认他是个伟大的小说天才，把他称为十九世纪的菲尔丁。④他的作品从此有了稳定的市场，生活渐趋富裕。他觉得妻女生活还无保障，一部接一部地

---

① 见《书信集》第 1 册 391 页。
② 见《忧患的锻炼》172 页。
③ 如《巴黎游记》(Paris Sketch Book)、《爱尔兰游记》(Irish Sketch Book)、《巴利·林登的遭遇》(The Luck of Barry Lyndon)、《势利人脸谱》(The Book of Snobs)等。
④ 见《书信集》第 2 册 312 页。

写作，又到英国各地和美国去演讲。一八五九年他做了《康希尔杂志》(*Cornhill Magazine*) 的主编，这是他文名最高的时候。他早衰多病，一八六三年死在伦敦。他的小说除《名利场》以外，最有名的是《亨利·埃斯孟德》(*Henry Esmond*) 和《纽康氏家传》(*The Newcomes*)；散文最有名的是《势利人脸谱》(*The Book of Snobs*) 和《转弯抹角的随笔》(*The Roundabout Papers*)。他的批评集有《英国幽默作家》(*The English Humourists*)，诗集有《歌谣集》(*Ballads*)。他在诗歌方面也算得一个小名家，作品轻快活泼，富于风趣，而带些惆怅的情调。他的画也别具风格，《名利场》的插画就是他自己的手笔，可惜刻版时走了神气。①

那时候英国社会上对小说的看法很像中国旧日的看法，以为小说是供人消遣的"闲书"。②萨克雷因为自己干的是娱乐公众的行业，常自比于逗人嬉笑的小丑。③有一次他看见一个下戏以后的小丑又烦腻又忧闷的样子，深同感，因此每每把

---

① 见《书信集》第 2 册 345 页。
② 凯丝琳·铁洛生 (Kathleen Tillotson) 著《十九世纪四十年代的小说》(*Novels of the Eighteen-Forties*) 一九五四年牛津版 17—20 页。
③ 见《全集》第 1 册 93 页。

自己跟他相比。①他也辛辛苦苦地逗读者嬉笑,来谋自己的衣食;他看到社会上种种丑恶,也感到厌腻和忧闷。萨克雷正像他形容的小丑:"那个滑稽假面具所罩盖的,即使不是一副愁苦之相,也总是一个严肃的脸。"②因为他虽然自比小丑,却觉得自己在逗人笑乐之外另有责任:"在咧着大嘴嬉笑的时候,还得揭露真实。总不要忘记:玩笑虽好,真实更好,仁爱尤其好。"③他把自己这类幽默作家称为"讽刺的道德家",说他们拥有广大的读者,不仅娱乐读者,还教诲读者;他们应该把真实、公正和仁爱牢记在心,作为自己职业的目标;他以前准会嗤笑自己俨然以导师自居,现在觉得这行职业和教士的职业一样严肃,希望自己能真实而又慈爱。④他在《名利场》里也说,不论作者穿的是小丑的服装或是教士的服装,他一定尽他所知来描摹真实。⑤他又在其他作品里和书信日记里一再申说

---

① 见《全集》第15册414—415页,257—258页;第4册431页;第16册173页;第1册226页。
② 同上书,第4册431页。
③ 同上书,第15册240页。
④ 见《书信集》第2册282页。
⑤ 同上书,第1册93页。

这点意思。①我们因此可以看到萨克雷替自己规定的任务：描写"真实"，宣扬"仁爱"。

《名利场》揭露的真实就是资本主义社会的丑恶。萨克雷说，描写真实就"必定要暴露许多不愉快的事实"。②他每说到真实，总说是"不愉快的"，可是还得据实描写。他觉得这个社会上多的是那种没有信仰、没有希望、没有仁爱的人；他们或是骗子，或是傻瓜，可是他们很吃得开；他说，千万别放过他们，小说家要逗人笑，就是为了讥刺他们、暴露他们③；所以这部小说把他们的丑恶毫不留情地一一揭发。这里面有满身铜臭的大老板，投机发财而又破产的股票商，吸食殖民地膏血而长得肥肥胖胖的寄生虫；他们或是骄横自满，或是贪纵懒惰，

---

① 萨克雷给朋友的信上说："你称赞我的人道主义，真能搔到痒处。我对这行逗笑的职业愈来愈感到严肃，渐渐把自己看成一种教士了。愿上帝给我们谦逊的心，能揭示真实。"（见《书信集》第 2 册 283 页）他又说："我以艺术家的身份，尽力写出真实，避免虚假。"（见《书信集》第 2 册 316 页）他在一八六三年的日记上说："希望尽我所知，写出真实……促进人与人间的和爱。"——戈登·瑞著《萨克雷传》第 2 部《智慧的年代》(*The Age of Wisdom*)，麦克格劳·希尔公司版 397 页。 又见《全集》第 3 册序文 6、7 页；正文 457 页；第 13 册 84 页；第 15 册 271 页。

② 见《全集》第 1 册 93 页。

③ 同上书，第 1 册 94 页。

都趋炎附势,利之所在就翻脸无情,忘恩负义。至于小贵族地主,他们为了家产,一门骨肉寇仇似的勾心斗角、倾轧争夺。败落的世家子往往把富商家的纨袴子弟作为财源,从他们身上想花样骗钱。小有资产的房东、店主等往往由侵蚀贵族或富商起家,而往往被他们剥削得倾家。资本主义社会是弱肉强食的世界,没有道义,没有情分,所谓"人不为己,天诛地灭"。《名利场》就是这样一个惟势是趋、惟利是图的抢夺欺骗的世界。①

这样的社会正像十七世纪英国作家约翰·班扬(John Bunyan)在《天路历程》(*The Pilgrim's Progress*)里描写的"名利市场"。市场上出卖的是世俗所追求的名、利、权位和各种享

---

① 萨克雷在早一些的著作里就写到当时社会上贵族没落、平民上升,"为了谋生,人海间各行各业掀起了你死我活的斗争"(见《全集》第14册283页)。他觉得资本主义社会不仅是他在《势利人脸谱》里写的那种势利社会,还是一个人吃人的社会,有一种人是吃人的,有一种人是被吃的。萨克雷把后者称为"鸽子",前者称为"乌鸦"。——参看《乌鸦上尉和鸽子先生》(见《全集》第14册);或竟称为"吃人的妖魔"。统治阶级和资本家"剥削穷人,欺凌弱者",他们都是吃人的妖魔;商业上的广告就是妖魔诱惑人的手段(参看《全集》第16册145,152,280,281页;又第8册488页);又说在这个社会上,欺骗好比打猎(参看《全集》第16册326页);又说,社会好比赌场(参看《全集》第8册366页)。

乐，傻瓜和混蛋都在市场上欺骗争夺。萨克雷挖空心思要为这部小说找个适当的题目，一天晚上偶尔想到班扬书里的名称，快活得跳下床来，在屋里走了三个圈子，嘴里念着"名利场，名利场……"①因为这个名词正概括了他所描摹的社会。中国小说《镜花缘》里写无肾国附近也有个命意相仿的"名利场"②，正好借来作为这部小说的译名。

萨克雷不仅描写"名利场"上种种丑恶的现象，还想指出这些现象的根源。他看到败坏人类品性的根源是笼罩着整个社会的自私自利。③他说，这部小说里人人都愚昧自私，一心追慕荣利。④他把表面上看来很美好的行为也剖析一下，抉出隐藏在底里的自私心。他以为我们热心关怀别人的时候，难保没有私心；我们的爱也混杂着许多自私的成分。⑤老奥斯本爱

---

① 见《书信集》第 1 册导言 126 页。
② 见《镜花缘》第 16 回。
③ 萨克雷认为自私自利的心是这个世界的推动力（《书信集》第 2 册 357 页）。他在下一部小说《潘丹尼斯》（*Pendennis*）里尤其着力阐明这点：人人都自私、推动一切的是自私心（《全集》第 4 册 232，336，352，381，425 页；又见第 9 册 111 页）。
④ 见《书信集》第 2 册 423 页。
⑤ 见《全集》第 1 册 448 页。

他的儿子，可是他更爱的是自己，他要把自己那种鄙俗的心愿在儿子身上完偿。爱米丽亚忠于战死的丈夫，只肯和都宾做朋友；其实她要占有都宾的爱，而不肯把自己的爱情答报他。一般小说家在这种地方往往笔下留情，萨克雷却不肯放过。他并非无情，但是他要描写真实。有人说他一面挖掘人情的丑恶，一面又同情人的苦恼；可是他忍住眼泪，还做他冷静的分析。① 萨克雷写出了自私心的丑恶，更进一步，描写一切个人打算的烦恼和苦痛，到头来却又毫无价值，只落得一场空。爱米丽亚一心想和她所崇拜的英雄结婚，可是她遂心如愿以后只觉得失望和后悔。都宾和他十八年来魂思梦想的爱米丽亚结婚了，可是他已经看破她是个浅狭而且愚昧的女人，觉得自己对她那般痴心很不值得。利蓓加为了金钱和地位费尽心机，可是她钻营了一辈子也没有称愿；就算她称了愿，她也不会有真正的幸福。萨克雷看了这一群可怜人烦忧苦恼得无谓，满怀悲悯地慨叹说："唉！浮名浮利，一切虚空！我们这些

---

① 参看拉斯·维格那斯（Las Vergnas）著《萨克雷——他的生平、思想和小说》（*W. M. Thackeray: L'Homme, le Penseur, le Romancier*），巴黎一九三二年版84页。

人里面谁是真正快乐的？谁是称心如意的？就算当时遂了心愿，过后还不是照样不满意？"①这段话使我们联想到《镜花缘》里的话："世上名利场中，原是一座迷魂阵。此人正在场中吐气扬眉，洋洋得意，哪个还把他们拗得过……一经把眼闭了，这才晓得从前各事都是枉费心机，不过做了一场春梦。人若识透此义，那争名夺利之心固然一时不能打断，倘诸事略为看破，退后一步，忍耐三分，也就免了许多烦恼，少了无限风波。如此行去，不独算得处世良方，亦是一生快活不尽的秘诀。"②萨克雷也识透"名利场"里的人是在"迷魂阵"里枉费心机，但是他绝不宣扬"退后一步，忍耐三分"，把这个作为"处世良方，快活秘诀"。

  萨克雷念念不忘的不仅是揭露"真实"，还要宣扬"仁爱"。读者往往因为他着重描写社会的阴暗面，便疏忽了他的正面教训。他曾解释为什么这部小说里专写阴暗的一面。他说，因为觉得这个社会上很少光明；尽管大家不愿意承认这一

---

① 见《全集》第2册428页。
② 见《镜花缘》第16回。

点，但事实确是如此。①不过他写的阴暗之中也透露一些阳光，好比乌云边缘上镶的银边。都宾是个傻瓜②，可是他那点忘我的痴心使他像许多批评家所说的，带了几分堂吉诃德的气息。罗登原是个混蛋，但是他对老婆痴心爱佩，完全忘掉了自己，他不复可鄙可恨，却变成个可悯可怜的人物。他能跳出狭隘的自我，就减少些丑恶。爱米丽亚在苦痛失望中下个决心：从此只求别人的快乐，不为自己打算。她这样下决心的时候就觉得快乐。③她能跳出狭隘的自我，就解除了烦恼。都宾是个无可无不可的脾气，他为个人打算毫无作为，可是为朋友就肯热心奔走，办事也能干了。萨克雷指出无私的友爱使胆小的变为勇敢，羞缩的能有自信，懒惰的变为勤快。④他说，他写这个灰暗的故事是要揭出世人的痴愚，要大声疾呼，唤得他们清醒⑤；同时他还企图暗示一些好的东西，不过这些好的东西，他是不配宣扬的。⑥因为他觉得自己究竟不是教

---

① 见《书信集》第2册354页。
② 萨克雷自己说的，见上书423页。
③ 见《全集》第1册322页。
④ 同上书，第1册269页。
⑤ 见《书信集》第2册424页。
⑥ 同上书，354页。

士,而是幽默作家,所以只用暗示的方式。细心的读者可以看出他所暗示的教训:浮名浮利,一切虚空,只有舍己为人的行为,才是美好的,同时也解脱了烦恼,得到真正的快乐。萨克雷的说教即使没有被忽视,也不过是说教而已。至于揭露真实,他是又细心、又无情,对资本主义社会的丑恶始终没有妥协。他熟悉资本主义社会,能把那个社会的丑态形容得淋漓尽致。有人竟把《名利场》看做"对当时社会的宣战书"。[1]可是萨克雷在赤裸裸揭出社会丑相的同时,只劝我们忘掉自己、爱护别人。单凭这点好心,怎么能够对付社会上的丑恶,萨克雷在这方面就不求解答。他确也鄙视贵族[2],有时也从制度上来反对统治阶级。[3]可是他没有像他同时代的狄更斯那样企图改革的热情[4],而且以为小说家对政治是外行,不赞成小说里

---

[1] 参见《忧患的锻炼》418页。

[2] 萨克雷把贵族阶级称为"下等人"(见《全集》第15册94页),处处把他们挖苦,如《全集》第15册175、561页,第20册320—332页;又见第18册《四位乔治》(*The Four Georges*)那部讲演集里把四代皇帝形容得尊严扫地。

[3] 他反对帝王用"神权"来"胡乱的辖治"(参看《智慧的年代》255—256页),又以为势利是制度造成的(见《全集》第15册17、57页)。

[4] 他以为贫穷和疾病死亡一般,都是自然界的缺陷,无法弥补(参看《书信集》第2册356页)。

宣传政治。①

《名利场》描摹真实的方法是一种新的尝试。萨克雷觉得时俗所欣赏的许多小说里，人物、故事和情感都不够真实。所以他曾把当时风行的几部小说摹仿取笑。②《名利场》的写法不同一般，他刻意求真实，在许多地方打破了写小说的常规滥调。

《名利场》里没有"英雄"，这部小说的副题是《没有英雄的小说》(*A Novel Without a Hero*)，这也是最初的书名。③对于这个副题有两种解释。一说是"没有主角的小说"，因为不以一个主角为中心④；这部小说在《笨拙周报》上发表时，副题是"英国社会的速写"，也表明了这一点。另一说是"没有英雄的小说"；英雄是超群绝伦的人物，能改换社会环境，这

---

① 参看《萨克雷在〈晨报〉发表的文章汇辑》71—74页。他偶尔也很激进，如在克里米亚战争时期（参看《智慧的年代》251页）；他也曾参加过国会议员的竞选（参看《智慧的年代》265—271页），可是他对政治一贯的不甚关心，晚年尤趋向保守。
② 参看《名作家的小说》(*Novels by Eminent Hands*)，见《全集》第19册。
③ 见《书信集》第2册233页。
④ 参看西昔尔（D. Cecil）《维多利亚时代早期的小说家》(*Early Victorian Novelists*)，《企鹅丛书》版66页。

部小说的角色都是受环境和时代宰制的普通人。①两说并不矛盾，可以统一。萨克雷在《名利场》里不拿一个出类拔萃的英雄做主角。他在开卷第一章就说，这部小说写的是琐碎庸俗的事，如果读者只钦慕伟大的英雄事迹，奉劝他趁早别看这部书。②萨克雷以为理想的人物和崇高的情感属于悲剧和诗歌的领域，小说应该实事求是地反映真实，尽力写出真实的情感。③他写的是沉浮在时代浪潮里的一群小人物，像破产的赛特笠，发财的奥斯本，战死的乔治等；甚至像利蓓加，尽管她不肯向环境屈服，但又始终没有克服她的环境。他们悲苦的命运不是悲剧，只是人生的讽刺。

---

① 安东尼·特罗洛普（Anthony Trollope）著《萨克雷评传》一八九二年版91页；普拉兹（M. Praz）《英雄的消灭》牛津版213页；凯丝琳·铁洛生《十九世纪四十年代的小说》229页；西昔尔《维多利亚时代早期的小说家》66页也提到这一点。

② 见《全集》第1册6—7页。

③ 见《书信集》第2册772页。萨克雷反对小说里写英雄，参看《全集》第12册74、76、177页。最近有人凭主角左右环境的能力把作品分别种类，说：主角能任意操纵环境的是神话里的神道；主角超群绝伦，能制伏环境的是传奇里的英雄；主角略比常人胜几筹、但受环境束缚的是史诗和悲剧的英雄；主角是我们一般的人，也不能左右环境，他就称不得"英雄"，因此萨克雷只好把他的《名利场》称为"没有英雄的小说"；主角能力不如我们，那是讽刺作品里的人物。——见傅赖（N. Frye）《批评的解剖》（*Anatomy of Criticism*），普林斯登（Princeton）版33—34页。

一般小说里总有些令人向往的人物,《名利场》里不仅没有英雄,连正面人物也很少,而且都有很大的缺点。萨克雷说都宾是傻瓜,爱米丽亚很自私。他说,他不准备写完美的人或近乎完美的人,这部小说里除了都宾以外,各个人的面貌都很丑恶。①传统小说里往往有个令人惬意的公道:好人有好报,恶人自食恶果。萨克雷以为这又不合事实,这个世界上何尝有这等公道。荣辱成败好比打彩票的中奖和不中奖,全是偶然,全靠运气。②温和、善良、聪明的人往往穷困不得志,自私、愚笨、凶恶的人倒常常一帆风顺。③这样看来,成功得意有什么价值呢④;况且也只是过眼云烟,几年之后,这些小人物的命运在历史上难道还留下什么痕迹吗?⑤因此他反对小说家把成功得意来酬报他的英雄。⑥《名利场》里的都宾和爱米丽亚等驯良的人在社会上并不得意,并不成功;丑恶的斯丹恩勋爵到死有钱有势;利蓓

---

① 见《书信集》第 2 册 309 页。
② 同上书,402 页;《全集》第 2 册 272 页;又参看第 12 册 60 页,第 13 册 105,112 页。
③ 见《全集》第 2 册 273 页,又参看《全集》第 4 册 448—450 页。
④ 同上书,32 页。
⑤ 同上书,第 15 册 351—352 页。
⑥ 同上书,第 12 册 177 页。

加不择手段,终于捞到一笔钱,冒充体面人物。①《名利场》上的名位利禄并不是按着每个人的才能品德来分配的。一般小说又往往把主角结婚作为故事的收场。萨克雷也不以为然。他批评这种写法,好像人生的忧虑和苦恼到结婚就都结束了,这也不合真实,人生的忧患到结婚方才开始。②所以我们两位女角都在故事前半部就结婚了。

萨克雷避免了一般写小说的常规,他写《名利场》另有自己的手法。

他描写人物力求客观,无论是他喜爱赞美的,或是憎恶笑骂的,总把他们的好处坏处面面写到,绝不因为自己的爱憎而把他们写成单纯的正面或反面人物。当时有人说他写的人物不是妖魔,不是天使,是有呼吸的活人。③萨克雷称赞菲尔丁能把真实的人性全部描写出来:写好的一面,也写坏的一面。④

---

① 萨克雷给朋友的信上安排了《名利场》结束时利蓓加怎样下场。信尾说,利蓓加存款的银行倒闭,把她的存款一卷而空。可是他没有把这点写到小说里去(参看《书信集》第 2 册 377 页)。
② 见《全集》第 1 册 320 页。
③ 见《书信集》第 2 册 312 页。
④ 见《全集》第 22 册 264 页。

他自己也总是"看到真相的正反两面"。①譬如爱米丽亚是驯良和顺的女人,是贤妻良母。她是萨克雷喜爱的角色。②萨克雷写到她所忍受的苦痛,对她非常同情。③可是他又毫不留情地写她自私、没有见识、没有才能、没有趣味等等。④利蓓加是萨克雷所唾骂的那种没有信仰、没有希望、没有仁爱的人。⑤她志趣卑下,心地刻薄,一味自私自利,全不择手段。可是她的才能机智讨人喜欢;她对环境从不屈服,碰到困难从不懊丧,能有这种精神也不容易;她出身孤苦,不得不步步挣扎,这一点也使人同情。萨克雷把她这许多方面都写出来。又如都

---

① 见《全集》第4册318页。

② 萨克雷对他最要好的女朋友说:"爱米丽亚的一部分是你,一部分是我母亲,大部分是我那可怜的太太"(《书信集》第2册335页);后来又对她说:"我老在描写的女人不是你,不是我母亲,她是我那可怜的太太"(《书信集》第2册440页);他又说,爱米丽亚不是他那位女友,但是如果没有认识她,他不会想出爱米丽亚这个角色来(《书信集》第2册335页)。他的女友、母亲、妻子三人的性格并不相似,不过都是贤妻良母型的女子。

③ 见《全集》第2册272—274页。

④ 爱米丽亚的长处和短处与萨克雷的妻子都很相似。参看戈登·瑞著《萨克雷生平索隐》(*The Buried Life*),牛津版31—32页。

⑤ 见《全集》第1册94页。有说利蓓加是萨克雷仿着他朋友的私生女德瑞莎·瑞维丝(Thereas Reviss)写的,《名利场》发表时她才15岁。她后来身世和利蓓加很相似(参看《书信集》第1册导言157—160页)。

宾是他赞扬的好人①,罗登是所谓"乌鸦"——他所痛恨的人,他也把他们正反两面都写到。萨克雷的早年作品里很多单纯的反面角色,远不像《名利场》里的人物那么复杂多面。②

但是萨克雷写人物还有不够真实的地方。譬如利蓓加是他描写得非常成功的人物,但是他似乎把她写得太坏些。何必在故事末尾暗示她谋杀了乔斯呢。照萨克雷一路写来,利蓓加心计很工巧,但不是个凶悍泼辣的妇人,所以她尽管不择手段,不大可能使出凶辣的手段来谋财害命。萨克雷虽然只在暗示,没有肯定她谋杀,可是在这一点上,萨克雷好像因为憎恶了利蓓加这种人,把她描写得太坏,以至不合她的性格了。③

---

① 当时人都认出都宾是萨克雷按照他的好友约翰·爱仑(John Allen)写的(参看《书信集》第 1 册导言 81 页)。

② 譬如《全集》第 12 册《巴利·林登的遭遇》里的主角比第 13 册《凯丝琳》(Catherine)里的女主角复杂,萨克雷把这个混蛋的心理写得很细微贴切;可是比了利蓓加,他只是单纯的坏人。罗登是《全集》第 14 册《二爷通信》(*Yellowplush Correspondence*)里玖斯·埃斯(Deuce-ace)一流的"乌鸦",可是他兼有《全集》第 13 册《戴尼斯·哈加蒂的老婆》(*Denis Haggarty's Wife*)里的主角对老婆的那一片忠诚,两个截然不同的性格表现在他一人身上。

③ 参看圣茨伯利(C. Saintsbury)为牛津版《名利场》所撰序文 15—16 页。

萨克雷描写人物往往深入他们的心理。他随时留心观察①，也常常分析自己②，所以能体会出小说里那些人物的心思情感。譬如他写奥斯本和赛特笠翻面为仇，奥斯本正因为对不起赛特笠，所以恨他③，又如都宾越对爱米丽亚千依百顺，她越不把他放在心上；都宾要和她决绝时，她却惊惶起来。④萨克雷并不像后来的小说家那样向读者细细分析和解释，他只描叙一些表现内心的具体动作。譬如利蓓加是个心肠冷酷的人，但也不是全无心肠。她看见罗登打了斯丹恩勋爵，一面瑟瑟发抖，却觉得自己的丈夫是个强壮、勇敢的胜利者，不由自主地对他钦佩。⑤她和罗登仳离后潦倒穷困，想起他从前的好处，觉得难受。"她大概哭了，因为她比平常更加活泼，脸上还多搽了一层胭脂。"⑥ 萨克雷把利蓓加对丈夫的感情写得恰到

---

① 他说他随时张大了眼睛，为他的小说收集材料；又说他常看到自己和别人一样无聊（《书信集》第 2 册 310 页）。又说他在阔人中间来往，每天都有些收获（《书信集》第 2 册 334 页）。

② 萨克雷说他常照的镜子也许是裂缝的、不平正的，可是他照见了自己的懦弱、丑恶、贪纵、愚蠢种种毛病（《书信集》第 2 册 423—424 页）。

③ 见《全集》第 1 册 211—213 页。

④ 见《全集》第 2 册 404 页。

⑤ 同上书，第 2 册 223 页。

⑥ 同上书，第 2 册 364 页。

处。又如罗登在出征前留给利蓓加一篇遗物的细账[1]，他在负责人拘留所写给利蓓加求救的信[2]，把他对老婆的一片愚忠、对她的依赖和信任都逼真地表达出来。萨克雷在这种地方笔墨无多，却把曲折复杂的心理描写得很细腻。

萨克雷的人物总嵌在社会背景和历史背景里。他从社会的许多角度来看他虚构的人物，从这许多角度来描摹；又从人物的许多历史阶段来看他们，从各阶段不同的环境来描摹。一般主角出场，往往干一两件具有典型性的事来表现他的性格。我们的利蓓加一出场也干了一件惹人注意的事，她把校长先生视为至宝的大字典摔回学校了。这固然表现了她的反抗性，可是反抗性只是她性格的一个方面，她的性格还复杂得多。我们看她在爱米丽亚家追求乔斯，就很能委屈忍受。她在克劳莱家四面奉承，我们看到她心计既工、手段又巧，而且多才多能。她渐渐爬上高枝，稍微得意，便露出本相，把她从前谄媚的人踩踏两下，我们又看到她的浅薄。她在困难中总是高高兴兴，我们看到她的坚硬、风趣和幽默。萨克雷从不同的社会环境、不

---

[1] 见《全集》第1册367页。
[2] 同上书，第2册217—218页。

同的历史阶段,用一桩桩细节刻画出她性格的各方面,好像琢磨一颗金刚钻,琢磨的面愈多,光彩愈灿烂。对于其他人物萨克雷也是从种种角度来描写。譬如乔治·奥斯本在爱米丽亚心目中是仪表堂堂的英雄;从利蓓加眼里我们就看到他的浮薄虚荣;在他和都宾的交往中我们看到他的自私;在他父亲眼里他是个光耀门户的好儿子;在罗登看来,他是个可欺的冤桶;律师目中他是个十足的纨袴。又如乔斯,我们也从他本人、他父母、利蓓加、游戏场众游客等等角度来看他,从他壮年、暮年等不同的阶段来看他。这样一来,作者不仅写出一个角色的许多方面,也写出了环境如何改换人的性格。赛特笠夫妇得意时是一个样儿,初失意时又是一个样儿,多年落魄之后又是一个样儿。罗登早年是个骄纵的纨袴,渐渐变成一个驯顺、呆钝的发胖中年人。萨克雷又着意写出环境能改变一个人的道德。好人未必成功得意;成功得意的人倒往往变成社会上所称道的好人。一个人有了钱就讲道德了。①所以利蓓加说,假如她一年有五千镑的收入,她可以做个好女人。②在十九世纪批判现实

---

① 见《全集》第 20 册 74 页;第 21 册 17 页;第 22 册 274 页。
② 同上书,第 2 册 80 页。萨克雷不是说没有钱就不能讲道德,只说有

主义的文学里,萨克雷第一个指出环境和性格的相互关系,这是他发展现实主义的很大的贡献。

萨克雷把故事放在三十多年前,他写的是过去十几年到三十几年的事。小说不写古代、不写现代,而写过去二十年到六十年的事,在英国十九世纪四十年代左右很普遍。但萨克雷独能利用这一段时间的距离,使他对过去的年代仿佛居高临下似的看到一个全貌。他看事情总看到变迁发展,不停留在一个阶段上。他从一个人的得失成败看到他一生的全貌;从祖孙三代人物、前后二十年的变迁写出一部分社会、一段时代的面貌,给予一个总评价。我们看着利蓓加从未见世面的姑娘变成几经沧桑的老奸巨猾;爱米丽亚从天真女孩子变成饱经忧患的中年妇人;痴心的都宾渐渐心灰;一心信赖老婆的罗登对老婆渐渐识破。成功的老奥斯本、失败的老赛特笠,他们烦忧苦恼了一辈子,都无声无息地死了。下代的小奥斯本和他的父亲、他的祖父一样自私;下代的小罗登承袭了他父亲没有到手的爵位和

(接上页)钱人安享现成,不知道生活困苦可以陷入做不道德的事(《书信集》第 2 册 353—354 页)。所以他劝富裕的人别自以为道德高人一等,他们只是境遇好,没受到诱惑罢了(《全集》第 2 册 273 页)。

产业;他们将继续在《名利场》上活跃。我们可以引用萨克雷自己的话:"时间像苍老的、冷静的讽刺家,他那忧郁的微笑仿佛在说:'人类啊,看看你们追求的东西多么无聊,你们追求那些东西的人也多么无聊。'"①萨克雷就像这位时间老人似的对小说里所描写的那个社会、那个时代点头叹息。

萨克雷最称赏菲尔丁《汤姆·琼斯》(*Tom Jones*)的结构②,可是《名利场》里并不讲究结构。他写的不是一桩故事,也不是一个人的事,而是一幅社会的全景,不能要求像《汤姆·琼斯》那样的结构。③萨克雷说,他虚构的人物往往自由行动,不听他的安排,他只能随着他们。④又说,他虚构的人物好像梦里的人,他们说的话简直是自己从来没想到的。⑤又

---

① 见《全集》第15册352页。

② 同上书,第22册267—268页。

③ 有人说,萨克雷第一个打破小说当有结构的成规。他也不由小说的主角带领读者到社会的各阶层去经历,他以全知的作者身份,自己直接来描写社会的各阶层。——见爱德温·缪尔(Edwin Muir)《小说的结构》(*The Structure of the Novel*)38—39页。

④ 见《书信集》第3册438页;又见《全集》第16册261页。

⑤ 见《全集》第16册261页。这个比喻很能启发人。萨克雷说,作家创造人物是把某甲的头皮,某乙的脚跟皮拼凑而成(《全集》第16册262页)。梦里的人物确是这般形成,但绝无拼凑的痕迹,个个是活人,都能自由行动,也不受我们有意识的管制。

说，他不知道自己的故事是哪儿来的；里面形容的人物他从没看见过，他们的对话他从没听见过。①萨克雷和狄更斯的小说都是分期在杂志上发表的，可是萨克雷不像狄更斯那样预先把故事全盘仔细地计划②，萨克雷写完这一期，再筹划下一期；他的故事先有部分，然后合成整个。③他只选定几个主要的角色，对他们的身世大概有个谱儿，就随他们自由行动。④譬如《名利场》快要结束的时候，有人问萨克雷故事怎样收场，他回信说："我上星期碰到罗登夫人……"如此这般，随笔诌了许多事，大致情况后来写进小说里去。⑤又如他起初准备叫爱米丽亚由苦痛的熬炼、宗教的启示，渐渐脱出狭小的自我，能够虚怀爱人。⑥但是萨克雷改变了他当初的意图⑦，爱米丽亚到小说后部还依然故我，并没有听萨克雷的安排。这些地方都

---

① 见《书信集》第 3 册 468 页。
② 参看波特（J. Butt）和凯丝琳·铁洛生合著的《狄更斯怎样创作》（*Dickens at work*）第一章。
③ 杰弗瑞·铁洛生（Geoffrey Tillotson）著《小说家萨克雷》（*Thackeray the Novelist*），剑桥版 14 页。
④ 见《忧患的锻炼》407 页。
⑤ 见《书信集》第 2 册 375—377 页。
⑥ 见《全集》第 1 册 322 页，对照《书信集》第 2 册 309 页。
⑦ 见《萨克雷生平索隐》35 页。

可以看出他不愿用自己的布局限制他虚构的人物自由活动,或干扰故事的自然发展。他叙事围绕着利蓓加和爱米丽亚两人的身世,两条线索有时交错,有时平行,互相陪衬对比。爱米丽亚苦难的时候利蓓加正得意,利蓓加倒霉的时候爱米丽亚在交运。这是大致的安排。不过逐期发表的每个部分里结构很严密妥帖,一桩桩故事都有统一性。譬如第一、二期写利蓓加想嫁乔斯,枉费心计,第三、四期写她笼络罗登,和他私下结婚,不料毕脱从男爵会向她求婚,她一番苦心,只替自己堵塞了富贵的门路。萨克雷总把最精辟的部分放在每期结尾,仿佛对读者说:"欲知后事如何,且听下回分解。"例如乔治出征前和爱米丽亚重归和好;乔治战死疆场,爱米丽亚还在为他祈祷;罗登发现利蓓加对自己不忠实等等。①他叙述的一桩桩故事都很完整,富有戏剧性,充满了对人生的讽刺。但是整部小说冗长散漫,有些沉闷的部分。

萨克雷刻意描写真实,却难免当时社会的限制。维多利亚社会所不容正视的一切,他不能明写,只好暗示。所以他叹恨

---

① 见《忧患的锻炼》499页。

不能像菲尔丁写《汤姆·琼斯》那样真实。①他在这部小说里写到男女私情，只隐隐约约，让读者会意。②譬如利蓓加和乔治的关系只说相约私奔，利蓓加和斯丹恩勋爵的关系只写到斯丹恩吻利蓓加的手。如果把萨克雷和法国现实主义小说家巴尔扎克、福楼拜等相比较，就可以看出他们在描写真实的程度上、选择细节的标准上有极大的区别。

萨克雷和菲尔丁一样，喜欢夹叙夹议，像希腊悲剧里的合唱队，时时现身说法对人物和故事做一番批评。作家露面发议论会打断故事，引起读者嫌厌。不过这也看发议论的艺术如何。《名利场》这部小说是作者以说书先生的姿态向读者叙述的；他以《名利场》里的个中人身份讲他本人熟悉的事，口吻亲切随便，所以叙事里搀入议论也很自然。萨克雷在序文里说："这场表演……四面点着作者自己的蜡烛"，他的议论就是台上点的蜡烛。他那批判的目光照明了台上的把戏，他的同情和悲悯笼罩着整个舞台。因此很有人为他的夹叙夹议作辩护。③但是萨克雷的议论有时流于

---

① 见《全集》第 3 册导言 6 页。
② 见《全集》第 2 册 359 页。
③ 见《小说家萨克雷》71—114 页；《英国十九世纪四十年代的小说》251—256 页。

平凡啰嗦，在他的小说里就仿佛"光滑的明镜上着了些霉暗的斑点"①。还有一层，他穿插进去的议论有时和他正文里的描写并不协调。他对爱米丽亚口口声声的赞美，就在批评她没头脑、虚荣、自私的时候，口吻间还含蕴着爱怜袒护。我们从他的自白里知道，爱米丽亚这个人物大部分代表他那位"可怜"的妻子依莎贝拉②，在爱米丽亚身上寄托着他的悲哀和怜悯；他在议论的时候抒写这种情感原是极自然的事，但是他议论里的空言赞美和他故事里的具体刻画不大融洽，弄得读者摸不透他对爱米丽亚究竟是爱、是憎、是赞扬、是讽刺。③有的读者以为作者这般赞美的人物准是他的理想人物，可是按他的描写，这个人物只是个平庸脆弱的女人。是作者的理想不高呢？还是没把理想体现成功呢？读者对爱米丽亚的不满就变为对作者的不满了。④

---

① 见奥列弗·艾尔登（Oliver Elton）著《一八三〇——一八八〇年英国文学概观》（*A Survey of English Literature*）第 2 册 231 页。
② 见《书信集》第 3 册 468 页。
③ 譬如凯丝琳·铁洛生就以为萨克雷是在讽刺爱米丽亚这种类型的女角（见《英国十九世纪四十年代的小说》246 页）。
④ 见《萨克雷生平索隐》36 页。萨克雷的女友——萨克雷认为有"一部分"和爱米丽亚相似的那一位——也很不满意爱米丽亚这个人物（见《书信集》第 2 册 335 页又 395 页）。

萨克雷善于叙事，写来生动有趣，富于幽默。他的对话口角宛然，恰配身份。他文笔轻快，好像写来全不费劲，其实却经过细心琢磨。因此即使在小说不甚精警的部分，读者也能很流利地阅读下去。《名利场》很能引人入胜。但是读毕这部小说，读者往往觉得郁闷、失望。这恰是作者的意图。他说："我要故事在结束时叫每个人都不满意、不快活——我们对于自己的故事以及一切故事都应当这样感觉。"[①]他要我们正视真实的情况而感到不满，这样来启人深思、促人改善。

《名利场》在英国文学史上有重要的地位。萨克雷用许许多多真实的细节，具体描摹出一个社会的横切面和一个时代的片断，在那时候只有法国的斯汤达和巴尔扎克用过这种笔法，英国小说史上他还是个草创者。[②]他为了描写真实，在写《名利场》时打破了许多写小说的常规。这部小说，可以说在英国现实主义小说的发展史上开辟了新的境地。

一九五九年

---

① 见《书信集》第 2 册 423 页。
② 见《忧患的锻炼》394—395 页。

三 艺术与克服困难
——读《红楼梦》偶记

中国古代的小说和戏剧，写才子佳人的恋爱往往是速成的。元稹《会真记》里张生和莺莺的恋爱就是一例。不过张生虽然一见莺莺就颠倒"几不自持"，莺莺的感情还略有曲折。两人初次见面，莺莺在赌气。张生和她攀谈，她也没答理。张生寄诗挑逗，她起初还拒绝，经过一番内心斗争才应允张生的要求。①皇甫枚《三水小牍》写步飞烟和赵象的恋爱，就连这点曲折都没有。赵象在墙缝里窥见飞烟，立刻"神气俱丧，废食忘寐"。他托人转达衷情，飞烟听了，"但含笑凝睇而不答"，原来她也曾窥见赵象，爱他才貌，所以已经心肯，据她后来

---

① 见汪辟疆校录《唐人小说》（中华书局版）135—136 页。

说，她认为这是"前生姻缘"①。戏剧拘于体裁，男女主角的恋爱不仅速成，竟是现成。王实甫《西厢记》里张生和莺莺偶在僧寺相逢，张生一见莺莺就呆住了，仿佛撞着"五百年风流业冤"，"眼花缭乱口难言，魂灵儿飞半天"。莺莺并不抽身回避，却"尽人调戏䤓香肩，只将花笑拈"。她回身进内，又欲去不行，"眼角留情"，"脚踪儿将心事传"；还回头相看，留下"临去秋波那一转"。当晚月下，两人隔墙唱和，张生撞出来相见，虽然红娘拉了小姐进去，两人却"眉眼传情，口不言，心自省"，换句话说，已经目成心许。②白仁甫《墙头马上》写裴少俊和李千金的恋爱更是干脆，两人在墙头一见，立刻倾心相爱。③汤显祖《牡丹亭》里的杜丽娘，压根儿还未碰见柳梦梅，只在梦里见到，"素昧平生"，可是觉得"是那处曾见，相看俨然"④，便苦苦相思，弄得神魂颠倒，死去活来。

这种速成或现成的恋爱，作者总解释为"天缘"、"奇

---

① 见《唐人小说》293—294页。
② 引号内的句子，引自《古本戏曲丛刊》，张深之《正北西厢秘本》卷一第一、二、三折。
③ 见臧晋叔编《元曲选》（文学古籍刊行社出版）334页。
④ 见徐朔方、杨笑梅校注《牡丹亭》（中华书局版）47页。

缘"、"夙缘"或"五百年风流业冤"。这等情节,古希腊小说里也早有描写。在赫利奥多罗斯(Heliodorus)的有名的《埃塞俄比卡》(*Aethiopica*)里,男女主角若不是奇缘,决不会相见。他们偶在神庙相逢,"两人一见倾心,就在那一面之间,两个灵魂已经互相投合,仿佛感觉到彼此是同类,彼此是亲属,因为品质相仿。当时两下里都一呆,仿佛愣住了……两人深深地相视半晌,好像是认识的,或者似曾相识,各在搜索自己的记忆。"① 阿基琉斯·塔提奥斯(Achilles Tatius)的《琉基佩与克勒托丰》(*Leucippe and Clitophon*)写女主角到男主角家去避难,两人才有机缘相见。事先男主角有个奇梦,预示他未来的命运。第二天两人见面,据男主角自叙:"我一见她,我马上就完了","各种感觉掺和在我胸中。我又是钦慕,又是痴呆,又怕,又羞,又是不识羞。她的相貌使我钦慕,她的美使我痴呆,我心跳可知是害怕,我不识羞的光着眼睛看她,可是给人瞧见时我又害羞。"② 这两个例子都写平时不得见面的男

---

① 见《希腊小说》(*Romans grecs*)——加尼埃(Garnier)经典丛书本82页。
② 见《琉基佩与克勒托丰》——勒勃(Loeb)经典丛书本13—15页。

女青年,一见倾心,而这一见倾心是由于夙世或命定的姻缘。当然,一见倾心和似曾相识的心理状态,并不由时代和社会背景造成。莎士比亚的《罗密欧与朱丽叶》里,男女主角是在许多男女一起的舞会上相逢的,他们不也是一见倾心的吗?①不过在男女没有社交的时代,作者要描写恋爱,这就是最便利的方式。

《红楼梦》里贾宝玉和林黛玉的姻缘,据作者安排,也是前生注定的。所以黛玉一见宝玉,便大吃一惊,心中想道:"好生奇怪!倒像在哪里见过的?何等眼熟!"②宝玉把黛玉细认一番之后,笑道:"这个妹妹,我曾见过的。"③不过他们没有立刻倾心相爱,以身相许。作者并不采用这个便利的方式。《红楼梦》里青埂峰下的顽石对空空道人议论"才子佳人等书","开口文君,满篇子建,千部一腔,千人一面,且终不能不涉淫滥。"④第五十回贾母评才子佳人这类的书"编得连影

---

① 见《罗密欧与朱丽叶》第一幕第五场。
② 见曹雪芹著《红楼梦》(作家出版社版)30页。下引均出此版。
③ 同上书,31页。
④ 同上书,3页。

也没有",既不合人物身份,也不符实际情况。①她这番话和"石兄"的议论相同,显然是作者本人的意见,可见他写儿女之情,旨在别开生面,不落俗套。

作者笔下的林黛玉是"石兄"所谓有痴情、有小才的"异样女子"②。贾宝玉不是才子而是个"多情公子",是公侯家的"不肖子"。他们俩的感情一点"不涉淫滥"。林黛玉葬花词里有"质本洁来还洁去"的话,她临终说:"我的身子是干净的",都是刻意表明这一点。黛玉尽管把袭人呼作"好嫂子"③,袭人和宝玉的关系她从来不屑过问。她和宝玉的爱情"不涉淫滥",不由速成,而是小儿女心心相印、逐渐滋生的。

但封建社会男女有别,礼防森严,未婚男女很少相近的机会。《红楼梦》作者辟出一个大观园,让宝玉、黛玉和一群姊妹、丫环同在园内起居,比西欧十八九世纪青年男女在茶会、宴会和舞会上相聚更觉自然家常。④这就突破时代的限制。宝

---

① 见《红楼梦》591—592页。
② 见《红楼梦》2页。
③ 同上书,324页。
④ 尤其舞会是男女调情的场合,可参看《傲慢与偏见》的作者奥斯丁(Jane Austen)的《书信集》增订本——恰普曼(R. W. Chapman)编,第2,11,44,52页等。

玉和黛玉不仅小时候一床睡、一桌吃,直到宝玉十七八岁,他们还可以朝夕相处。他们可以由亲密的伴侣、相契的知己而互相爱恋。

但大观园究竟不能脱离当时的社会而自成世界。大观园只容许一群小儿女亲密地一起生活,并不容许他们恋爱。即使戴金锁的是林黛玉,她和宝玉也只可以在结婚之后,享"闺房之乐"。恋爱在当时说来是"私情",是"心病",甚至是"下流痴病"①。"别的事"尽管没有,"心病也是断断有不得的"。女孩子大了,懂得人事,如果"心里有别的想头,成了什么人了呢!"②在这种气氛里,宝玉和黛玉断断不能恋爱。作者要"谈情",而又不像过去的小说或戏剧里用私情幽会的方式来反抗礼教的压力,他就得别出心裁,另觅途径。正因此,《红楼梦》里写的恋爱,和我国过去的小说戏剧里不同,也是西洋小说里所没有的。

假如宝玉和黛玉能像传奇里的才子佳人那样幽期密约、私订终身;假如他们能像西洋小说或电影里的男女主角,问答一

---

① 见《红楼梦》306 页。
② 同上书,1103 页。

声:"你爱我不","我爱你";那么,"大旨谈情"①的《红楼梦》,就把"情"干干脆脆地一下子谈完了。但是宝玉和黛玉的恋爱始终只好是暗流,非但不敢明说,对自己都不敢承认。宝玉只在失神落魄的时候才大胆向黛玉说出"心病"②。黛玉也只在迷失本性的时候才把心里的问题直截痛快地问出来。③他们的情感平时都埋在心里,只在微琐的小事上流露,彼此只好暗暗领会,心上总觉得悬悬不定。宝玉惟恐黛玉不知他的心,要表白而不能。黛玉还愁宝玉的心未必尽属于她,却又不能问。她既然心中意中只缠绵着一个宝玉,不免时时要问,处处要问;宝玉心中意中也只有一个她吗?没别的姊妹吗?跟她的交情究竟与众不同呢?还是差不多?也许他跟别人更要好些?人家有"金"来配他的"玉",宝玉对"金玉"之说果真不理会吗?还是哄她呢?这许多问题黛玉既不能用嘴来问,只好用她的心随时随地去摸索。我们只看见她心眼儿细、疑心重,好像她生性就是如此,其实委屈了黛玉,那不过是她"心

---

① 见《红楼梦》3 页。
② 同上书,337 页。
③ 同上书,1100 页。

病"的表现罢了。

试看她和宝玉历次的吵架或是偶然奚落嘲笑,无非是为了以上那些计较。例如第八回,黛玉奚落宝玉听从宝钗的话,比圣旨还快;第十九回,她取笑宝玉是否有"暖香"来配人家的"冷香";第二十回,史湘云来了,黛玉讥笑宝玉若不是被宝钗绊住,早就飞来;第二十二回,黛玉听见宝玉背后向湘云说她多心,因而气恼,和宝玉吵嘴;第二十六回,黛玉因晴雯不开门而生误会;第二十八回,黛玉说宝玉见了姐姐就把妹妹忘了;第二十九回,二人自清虚观回来砸玉大吵。这类的例子还多,看来都只是不足道的细事,可是黛玉却在从中摸索宝玉的心,同时也情不自禁地流露了自己的"心病"。

宝玉何尝不知黛玉的心意,所以时时向她表白。有时表白得恰到好处,二人可以心照。例如第二十回,他表示自己和宝钗的亲不及和黛玉亲,说是"亲不间疏,后不僭先"。

> 黛玉啐道:"我难道叫你远他?我成了什么人呢?我为的是我的心。"
> 宝玉道:"我也为的是我的心。你难道就知道你的心,不知道我的心不成。"

黛玉听了低头不语。①

又如宝玉和黛玉吵架后上门赔罪，说："若等旁人来劝，'岂不咱们倒觉生分了'。"黛玉就知他们究竟比旁人亲近。②有时宝玉表白得太露骨，如引《西厢记》说："我就是个'多愁多病'的身，你就是那'倾国倾城'的貌"③；又说："'若共你多情小姐共鸳帐'……"这就未免轻薄之嫌，难怪黛玉嗔怒。有时他又表白得太造次，如说："你死了，我做和尚"④，未免唐突，使黛玉脸上下不去。反正他们两人吵架一番，就是问答一番，也许就是宝玉的偈语里所谓"你证我证，心证意证"⑤。到第三十二回宝玉向黛玉说"你放心"⑥那一段话，竟是直指她的"心病"，他自己也掏出心来。第三十四回，宝玉赠旧帕，黛玉在帕题诗，二人心上的话虽未出口，彼此都心领神会，"心证意证"，已无可再证。

---

① 见《红楼梦》205 页。
② 同上书，312 页。
③ 同上书，234 页。
④ 同上书，312 页。
⑤ 同上书，222 页。
⑥ 同上书，336 页。

可是黛玉的心依然放不下来。宝玉固然是她的知己,他们的交情又经得几久呢?彼此年岁渐渐长大,防嫌也渐渐的多起来,不能常像小时候那样不拘形迹;将来宝玉娶了亲,就不能再住在大观园里和姐妹做伴。贾母、王夫人等又不像有意要把她配给宝玉。在宝玉"逢五鬼"前后,据凤姐口气,好像贾府属意的是黛玉。第二十五回,凤姐取笑黛玉说,"吃了我们家的茶,怎么还不给我们家做媳妇儿?"还指着宝玉说:"你瞧瞧,人物儿配不上?门第儿配不上?根基家私儿配不上?……"所以宝玉病愈黛玉念了一声佛,宝钗的笑里是很有含义的。可是从此以后,黛玉这点希望日趋渺茫。第二十八回,元妃赏节礼,只有宝钗的和宝玉的一样。第三十五回,宝玉引诱贾母称赞黛玉,贾母称赞的却是宝钗。宝钗在贾府愈来愈得人心,黛玉的前途也愈来愈灰黯。黛玉尽管领会宝玉的心,只怕命运不由他们做主。所以她自叹:"我虽为你的知己,但恐不能久持;你纵为我的知己,奈我薄命何。"[①]为这个缘故,黛玉时常伤感。第五十七回,紫鹃哄宝玉说黛玉要回南方,宝玉听了几乎疯傻。紫鹃在怡红院侍疾回来,对黛玉说宝玉"心实",劝黛玉

---

① 见《红楼梦》335页。

"作定大事要紧",黛玉口中责骂,心上却不免感伤,哭了一夜。第六十四回,宝玉劝黛玉保重身体,说了半句咽住,黛玉又"心有所感",二人无言对泣。第七十九回,宝玉把《芙蓉女儿诔》里的句子改成"茜纱窗下,我本无缘;黄土陇中,卿何薄命",黛玉陡然变色,因为正合了时刻在她心念中的伤感和疑虑。

《红楼梦》后四十回虽是续笔,描写宝玉和黛玉的恋爱还一贯以前的笔法。黛玉一颗心既悬悬不定,第八十九回误传宝玉定亲,她就蛇影杯弓,至于绝粒;第九十六回听说宝玉将娶宝钗,她不仅觉得"将身撂在大海里一般"①,竟把从前领会的种种,都不复作准。她觉得自己是错了,宝玉何尝是她的知己,他只是个见异思迁、薄倖负心的人。所以她心中恨恨,烧毁了自己平日的诗稿和题诗的旧帕,断绝痴情。晴雯虽然负屈而死,临终却和宝玉谈过衷心的话,还交换过纪念的东西,她死而无憾。黛玉却连这点儿安慰都没有。她的一片痴心竟是空抛了,只好譬说是前生赖他甘露灌溉,今生拿眼泪来偿还。宝玉一次次向黛玉表明心迹,竟不能证实,更无法自明。他在黛玉身上

---

① 见《红楼梦》1023 页。

那番苦心,只留得一点回忆,赚得几分智慧,好比青埂峰下顽石,在红尘世界经历一番,"磨出光明,修成圆觉"①,石上镌刻了一篇记载。他们中间那段不敢明说的痴情,末了还是用误解来结束。他们苦苦的互相探索,结果还是互相错失了。

俗语"好事多磨",在艺术的创作里,往往"多磨"才能"好"。因为深刻而真挚的思想情感,原来不易表达。现成的方式,不能把作者独自经验到的生活感受表达得尽致,表达得妥帖。创作过程中遇到阻碍和约束,正可以逼使作者去搜索、去建造一个适合于自己的方式;而在搜索、建造的同时,他也锤炼了所要表达的内容,使合乎他自建的形式。这样他就把自己最深刻、最真挚的思想情感很完美地表达出来,成为伟大的艺术品。好比一股流水,遇到石头拦阻,又有堤岸约束住,得另觅途径,却又不能逃避阻碍,只好从石缝中迸出,于是就激荡出波澜,冲溅出浪花来。《红楼梦》作者描写恋爱时笔下的重重障碍,逼得他只好去开拓新的境地,同时又把他羁绊在范围以内,不容逃避困难。于是一部《红楼梦》一方面突破了时代的限制,一方面仍然带着浓郁的时代色彩。这就造成作品独

---

① 见《红楼梦》1364页。

特的风格,异样的情味。在这个意义上,可以应用十六世纪意大利批评家卡斯特维特罗(Castelvetro)的名言:"欣赏艺术,就是欣赏困难的克服。"①

一九五九年

---

① 转引自吉尔伯、枯恩(K. E. Gilbert and H. Kuhn)合编《美学史》(*A History of Esthetics*)修订本 171 页。

四　李渔论戏剧结构

　　我国古代论戏曲的著作，往往着重"曲"而忽略"戏"。曲是"词余"，词是"诗余"，换句话说，曲是诗的子孙。论曲还是把它当诗歌看，讲究词采音律，而对于曲里的"戏"，除了片言只语，很少探讨。清代李渔《闲情偶寄》的"词曲部"和"演习部"，才是有系统地从"戏"的角度来讨论编写和排演的技巧。他注重故事的结构，提倡宾白的功用，也谈到人物的个性。他把词采贬到次要地位，并且不是讲究雕章琢句，而要求叙出故事①，描出人物②，并且着重要使观众了解。③因此他

---

　　① 见中国戏曲研究院编《中国古典戏曲论著集成》第 7 册 24—25 页。下引均出此版。
　　② 同上书，26—27 页。
　　③ 同上书，28 页。

这部书和以前的曲话等大不相同，代表我国戏曲理论史上的一个新发展。

李渔的戏剧理论里，许多地方跟西方的戏剧理论相似。例如关于故事真实性的问题，李渔说：

> 传奇无实，大半皆寓言耳。欲劝人为孝，则举一孝子出名，但有一行可纪，则不必尽有其事，凡属孝亲所应有者，悉取而加之，亦犹纣之不善不如是之甚也。一居下流，天下之恶皆归焉。①（着重点是引者加的）

"所应有者"就是亚里斯多德所谓"当然或必然"的事。亚里斯多德说，"诗人的职责，不是描写曾经发生的事，而是写当然或必然会发生的事。"②又如李渔谈到人物，不仅指出"生旦有生旦之体，净丑有净丑之腔"③，还说：

---

① 见《中国古典戏曲论著集成》第7册20页。
② 见《诗学》9，1451b，根据拜沃特（Ingram Bywater）译注本。以下所引，均据此本。
③ 见《中国古典戏曲论著集成》第7册26页。李渔以前的戏剧论著里，关于人物的讨论，一般只讲到生旦净丑等角色。王世贞《曲藻》里有几句可算是论到人物。他称赞高则诚的《琵琶记》，"不惟其琢句之工、使事之美而已，

> 言者，心之声也，欲代此一人立言，先宜代此一人立心。若非梦往神游，何谓设身处地。无论立心端正者，我当设身处地，代生端正之想，即遇立心邪辟者，我亦当舍经从权，暂为邪辟之思。务使心曲隐微，随口唾出，说一人肖一人，勿使雷同，弗使浮泛。①

这是说，对话表达人物的个性。作者先得创造人物，然后设身处地，代他道出心中的话来，什么样的人说什么样的话，要口角毕肖，把细微曲折的心思都很自然地表达出来。这就是亚里斯多德论描摹人物性格当切合身份之说（appropriateness）②，也就是法国十七世纪古典派文艺理论家所谓"贴切"（lesbienséances）③。又如李渔要故事新奇④，又要不涉荒

（接上页）其体贴人情，委曲必尽；描写物态，仿佛如生；问答之际，了不见扭造。"（《中国古典戏曲论著集成》第4册33页）这就是说，能把角色描写得熨帖生动，对话也活泼自然，但只寥寥数语，不成理论。

① 同上书，54页。
② 见《诗学》15，1454a。
③ 见布雷（René Bray）《法国古典主义理论的形成》（*La Formation de la Doctrine classique en France*）215—230页。以下所引，同出此版。
④ 见《中国古典戏曲论著集成》第7册15—16，58—59页。

唐①，也正是分开古典派理论家所讲究的"神奇"（le merveilleux）而"似真"（la vraisemblance）②。

李渔的理论和西方戏剧理论相似或相同的地方，不必一一列举。我们从这些例子，无非看到在若干一般适用的文艺原则上，我国和西方理论家所见略同。本文不想探讨那些东西，而想指出我国和西方在理论上很相似而实践上大不相同的一点——戏剧结构。

论戏曲讲究结构，并不从李渔开始。像凌濛初的《谭曲杂札》曾提到结构：

> 戏曲搭架，亦是要事，不妥则全传可憎矣。③

王骥德在《曲律》里讲得更详细，他说：

> 作曲，犹造宫室者然。工师之作室也，必先定规式……

---

① 见《中国古典戏曲论著集成》18—20 页
② 见《法国古典主义理论的形成》233 页。
③ 见《中国古典戏曲论著集成》第 4 册 258 页。

而后可施斤斫。作曲者，亦必先分段数，以何意起，何意接，何意作中段敷衍，何意作后段收煞，整整在目，而后可施结撰。此法，从古之为文、为辞赋、为诗歌者皆然；于曲，则在剧戏，其事头原有步骤。①

又说，作套数曲，应当

有起有止，有开有阖。须先定下间架，立下主意，排下曲调，然后遣句，然后成章。切忌凑插，切忌将就。务如常山之蛇，首尾相应，又如鲛人之锦，不着一丝纰颣……增减一调不得，颠倒一调不得。②

毋令一人无着落，毋令一折不照应。③

李渔论戏剧结构，和《曲律》所论略有相同之处。他说：

---

① 见《中国古典戏曲论著集成》123页。
② 同上书，第4册132页。
③ 同上书，137页。

至于"结构"二字,则在引商刻羽之先,拈韵抽毫之始,如造物之赋形,当其精血初凝,胞胎未就,先为制定全形,使点血而具五官百骸之势。倘先无成局,而由顶及踵,逐段滋生,则人之一身,当有无数断续之痕,而血气为之中阻矣。工师之建宅亦然,基址初平,间架未立,先筹何处建厅,何方开户,栋需何木,梁用何材,必俟成局了然,始可挥斤运斧。①

但《曲律》所论侧重形式,以为"修辞当自炼格始"②,目的在修辞。李渔却是侧重内容,以为"有奇事方有奇文"③,所以他接着就仔细讨论戏文里所表演的故事。

他以为一本戏应该只表演一个人的一桩事,所谓"立主脑":

一本戏中,有无数人名,究竟俱属陪宾;原其初心,止为一人而设。即此一人之身,自始至终,离、合、悲、

---

① 见《中国古典戏曲论著集成》第 7 册 10 页。
② 同上书,第 4 册 123 页。
③ 同上书,第 7 册 10 页。

欢，中具无限情由，无穷关目，究竟俱属衍文；原其初心，又止为一事而设。此一人一事，即作传奇之主脑也。……后人作传奇，但知为一人而作，不知为一事而作，尽此一人所行之事，逐节铺陈，有如散金碎玉。以作零出则可，谓之全本，则为断线之珠，无梁之屋……①

又说，"头绪繁多，传奇之大病也"。他称赞有些剧本"一线到底，并无旁见、侧出之情"，"始终无二事，贯串只一人"。②

这一件事又必须前后贯串：

每编一折，必须前顾数折，后顾数折。顾前者，欲其照应；顾后者，便于埋伏。照应、埋伏，不止照应一人，埋伏一事，凡是此剧中有名之人，关涉之事，与前此、后此所说之话，节节俱要想到。③

---

① 见《中国古典戏曲论著集成》第 7 册 14 页。
② 同上书，18 页。
③ 同上书，16 页。

各部分不能有"断续痕":

> 所谓无断续痕者,非止一出接一出,一人顶一人,务使承上接下,血脉相连,即于情事截然绝不相关之处,亦有连环细笋,伏于其中,看到后来方知其妙,如藕于未切之时,先长暗丝以待,丝于络成之后,才知作茧之精。①

到收煞时,又不可有"包括之痕"。全剧收场,剧中人物"会合之故"——

> 须要自然而然。水到渠成,非由车戽。最忌无因而至,突如其来,与夫勉强生情,拉成一处,令观者识其有心如此,与恕其无可奈何者,皆非此道中绝技,因有包括之痕也。②

总括李渔以上的话,他对结构完好的戏剧有以下两点要

---

① 见《中国古典戏曲论著集成》第7册24—25页。
② 同上书,69页。

求：(1) 一本戏只演一个人的一桩事,不是一个人一生的事;(2) 这一桩故事像一个完整的有机体,是"具五官百骸"的全形,通体"承上接下,血脉相连",全剧的结局是前面各情节的后果,"自然而然,水到渠成",没一点牵强凑合。

这套理论跟亚里斯多德《诗学》所论悲剧的"故事的整一性"(unity of action)非常相近。亚里斯多德认为悲剧最要紧的是结构。悲剧摹拟一桩完整而具有相当广度的事件——

> 一件完整的事有开头,有中段,有结尾。开头不必承接别的事,但当然引起后面的事;结尾当然是在一些事情的后面,是这些事情必然的或惯常的结果;中段当然是承前启后。所以一个完好的结构不能随意在某处起某处结,它的开头和结尾必须按照上面的方式。①

> 有人以为只要主人公是一个,结构就有"整一性",其实不然。一个人可以遭遇无数的事,有些是不能归并在一桩事件里的。同样情形,一个人生平所做的事,有许多

---

① 见《诗学》7,1451a。

是不能合成一桩事件的。①

诗和其他摹拟的艺术一样,一件作品只摹拟一个对象。诗既是摹拟事情,诗的故事就应该是一桩事件,一桩完整的事件,里面的情节应该有紧密的关系,颠倒或去除任何部分会使整体散乱脱节。如果一部分的存在与否并不引起显著的变化,那就不是整体中的有机部分。②

最糟是支支节节的结构。所谓支支节节,指情节的连续没有当然或必然的关系。③

悲剧结尾,主角从顺境转入逆境,隐情一一暴露——

这些都应该从故事的内部发生,这样才能成为以前种种情节的必然或当然的结果。④

---

① 见《诗学》8,1451a。
② 同上书,1451a。
③ 同上书,9,1451b。
④ 同上书,10。

亚里斯多德也是说：悲剧演一个人的一桩事，不是演一个人一生的事；这桩事件像完整的有机体，开头、中段和结尾前后承接，各部分有当然或必然的关系，结局是以前种种情节造成的后果。李渔对于戏剧结构的要求，跟《诗学》所论悲剧结构的整一性几乎相同，只是没提到《诗学》所说的广度。《诗学》说，戏剧所演的一桩事件需有相当广度。"只要显然是一个整体，故事就越长越美。一般说来，故事只要容许主角按当然或必然的程序，由逆境转入顺境，或从顺境转入逆境，就是长短合度。"①不过李渔虽然没有提到这一点，他的理论和这点并无抵触。因为按他的主张，决不容许故事在半途中收场，也不会要求一个戏由悲而欢、由离而合之后，再来一番离合悲欢。他主张一本戏演一个故事，不是半个故事或两个故事。所以单从理论的表面看来，李渔论戏剧结构时提出的各点，正就是亚里斯多德论戏剧结构时所提出的故事整一性。

可是实际上李渔讲究的戏剧结构的整一，并不是亚里斯多德《诗学》讲究的戏剧结构的整一。一个是根据我国的戏剧

---

① 见《诗学》7，1451a。

传统总结经验，一个是根据古希腊的戏剧传统总结经验。表面上看似相同的理论，所讲的却是性质不同的两种结构。

希腊悲剧不分幕，悲剧里的合唱队从戏开场到收场一直站在戏台上。因此，戏里的地点就是不变的，戏里所表示的时间也不宜太长，而一个戏台所代表的地域也不能太广。希腊悲剧除了个别例外，一般说来，地点都不变，时间都很短。亚里斯多德在区分史诗和悲剧时指出，悲剧的时间只在一天以内。① 时间和地点的集中，把故事约束得非常紧凑。戏台上表演的只是一桩事件的一个方面——就是在戏台所代表的那一个地点上所发生的事情。至于这件事情的其他方面，就好比一幅画的背面，不能反过来看。那些方面，只好由剧中人（包括合唱队）对话里叙述。例如《普罗米修斯被囚缚》一剧，台上演出的是普罗米修斯被钉在石壁上受罪，至于天上的宙斯怎么和他作对，都是叙述，不是排演出来的。又例如以结构完美著称的《俄狄浦斯王》一剧，戏台上表演的只是宫殿门前发生的事，宫殿里面的事以及使者在别处干的事，都是叙述出来的。

希腊悲剧的故事又限于短短的一段时间以内。故事的焦点

---

① 见《诗学》5，1449b。

就是悲剧的结局;悲剧的开始紧挨着这个焦点。例如在《普罗米修斯被囚缚》剧中,普罗米修斯怎样帮助宙斯争夺权位,怎样违反了宙斯的意旨去帮助人类,以致获罪等等,都是已往之事,只在剧中人对话里追叙。戏开场就是普罗米修斯被雷神钉上石壁。他不肯屈服,结果被宙斯摔入地狱——这就是故事的焦点。又如在《俄狄浦斯王》剧中,俄狄浦斯怎样误杀父亲,怎样制伏狮身人首的怪物,怎样承继父亲的王位,娶了母亲,生了孩子等等,都是剧中人追叙的往事。戏开始,俄狄浦斯就在追究杀死前王的凶手,于是发觉自己的罪孽,结果剜掉自己双目,流亡出国——这就是故事的焦点。悲剧故事既然集中在一个焦点上,结构就非常紧密,戏里一个个情节都因果相关,导致末尾的结局,好比一浪推一浪,把故事推到最高潮。这样一个紧凑而集中的故事,如果把地点分散,时间延长,就会影响它的整一性。亚里斯多德尽管没有制定规律,把一个悲剧的时间限于一天,地点限于一处,他只是要求一个悲剧演一个完整而统一的故事,可是由于希腊悲剧的紧凑和集中,他所谓故事的整一,基本上包含了时间和地点的限制。

只要看亚里斯多德在区分戏剧和史诗的时候,就指出了戏剧所以不同于史诗的地方。按《诗学》,史诗的结构和悲剧相同①，不过有以下的差别：

> 史诗的故事没有时间的限制，悲剧故事却尽可能限于太阳运行一周时以内，或大约如此。②

> 史诗特别便于增加它的广度，也常利用这点便利。悲剧不能把一桩事件同时发生的许多方面都表演出来，只能表演戏台上演出的一面，而且只限于关涉到台上角色的事。史诗采用叙述体，可以把同时发生的许多情节一一描叙。假如这些情节和主题相属，就可以增加它的长度。这是史诗的方便，可以使内容丰富，花样繁多，并且有余地加入各种穿插。情节单调容易使人厌倦，演出悲剧往往因此失败。③

> 戏剧里穿插的情节很短，史诗里可用穿插的情节增广篇幅。④

---

① 见《诗学》23，1459a。
② 同上书，5，1449b。
③ 同上书，24，1459b。
④ 同上书，17，1455b。

诗人应当记住上面屡次提到的一点：不要把一部史诗里的情节——指包括许多故事的史诗——写成一个悲剧，例如把《伊利亚特》整个故事编成一个戏。史诗由于它的规模，每部分可有适当长度。可是同样的故事如编成悲剧，结果就很令人失望。①

悲剧能在较短的时间内达到模仿的目的，这是个很大的优点。因为效果愈集中，愈多快感；时间拉得长，快感就会冲淡。②

史诗的整一性较差。只要看，任何一部史诗可供几个悲剧的材料。因此，史诗如果采用严格整一的故事作为题材，叙述得简略就好像是截断了的，拉到史诗的长度又好像冲淡了。我说史诗的整一性较差，我的意思说，一部史诗包含许多事情，例如《伊利亚特》和《奥德赛》包括许多事，每件事都相当长。可是这两部史诗的结构却是不

---

① 见《诗学》18，1456a。
② 同上书，26，1462b。

能再求完美,所模仿的故事也不能再求整一。①

从上面所引几节,可见戏剧集中在较短的时间,较小的地域,穿插的情节短,整个的故事约束得很紧密。如果故事没有时间和地域的限制,穿插的情节长,结构不那么紧密,那就不是戏剧的结构,而是史诗的结构;在史诗里这种结构可称完美,在戏剧里就比较差一些了。

十六、十七世纪,意大利和法国文艺理论家根据亚里斯多德所提出的故事整一性,以及"悲剧的时间不超过一天"那句话,生发出时间限于一天的规律,又从而生发出地点限于一个场面的规律,形成所谓"三一律"②。遵循"三一律"的剧作家多少继承了希腊悲剧的传统,例如十七、十八世纪意大利和法国的多数剧作家。直到十九世纪像小仲马,像讲究结构的斯克利布(Scribe),像易卜生,都还属于这个传统,所谓结构紧密的一派(Close Theatre)。③反对"三一律"的剧作家,对

---

① 见《诗学》26,1426b。
② 见《法国古典主义理论的形成》253—285 页。
③ 见般特立(Eric Bentley)著《剧作家兼思想家》(*Playwright as Thinker*)。——子午线(Meridian)丛书本 213 页。

亚里斯多德所说故事应该有整一性这一点，向例并无异议①，并且也承认戏剧的时间和地点应该集中。例如西班牙的洛贝·台·维加公然不遵守"三一律"，可是他说，戏里的时间应该尽量约束。②又如英国的德莱登（Dryden）反对"三一律"，可是认为戏里的时间和地点该尽量集中。③歌德把"三一律"称为"最愚笨的规律"。④可是在区分史诗和戏剧时也说，史诗作者的天地宽阔，戏剧作家却局限在一个点上。⑤莎士比亚是一般公认为不守规律的典范，他和追随他不守规律的作家如歌德，如雨果，都是所谓结构宽阔的一派（open theatre）。⑥莎士比亚的戏里，换幕之间，地点也换，时间也换。例如在《冬天的故事》里，一换幕跳过十六年之久；《麦克贝斯》剧里的景，一会儿在英国，一会儿又在苏格兰。可是就像莎士比亚的戏那么不合规律，还比我国的传统戏剧拘束一些，因为莎

---

① 见《法国古典主义理论的形成》245页。
② 见《编剧的新艺术》十八节，根据克拉克（B. H. Clark）编选《欧洲戏剧理论集》91页。
③ 见《德莱登戏剧论文集》（人人丛书版）73—75页。
④ 见《歌德谈话录》1825年2月24日，根据《欧洲戏剧理论集》328页。
⑤ 见《论史诗和戏剧》，《欧洲戏剧理论集》338页。
⑥ 见般特立《剧作家兼思想家》213页。

士比亚的戏，至少在一个景里，地点限于一处，时间限于一段。我国传统的戏剧是完全不受这种限制的。

在我国传统的戏剧里，地点是流动的，像电影里的景。例如《西厢记》第一卷第一折，夫人、莺莺等上场时，戏台上是普救寺西厢的宅子。夫人等下场，生上场，台上是将近京师的半途；说话之间，又变了城中状元坊客店。生下场，法聪上场，台上又变了普救寺方丈。生上场和法聪说着话，台上是上方佛殿，又是下方僧院，又是厨房，又是西法堂，又是钟鼓楼，又是洞房，又是宝塔，又是回廊，又是罗汉堂。只在一折之内，观众随着演员的唱词遍历这许多地方。又例如《琵琶记》第十七出，戏台上先是义仓，一会儿又是赵五娘回家的半途，一会儿又是她家里。又如《窦娥冤》第一折，台上先是城外赛卢医的药铺，又变为野外无人处，又变为蔡婆家里。李渔的戏里也是一样，戏里的角色只在台上迈几步，就走过许多地方。①这种例子，举不胜举。

因为没有地点的限制，一桩事件同时发生的许多方面，都可以在台上表演出来，不必借助于剧中人的叙述。雨果说，由

---

① 例如《比目鱼》第二出，又《蜃中楼》第二出。

于地点的规律,剧作家"把叙述替代了戏里的情景,把形容替代了动人的场面。我们在戏剧中间夹进了一些严肃的角色,他们像古代的合唱队一般,告诉我们神庙里、宫殿里、公共场所发生了什么什么事情,使我们一再忍不住要叫喊说:'是啊!那么带我们到那儿去呀!那儿一定很有趣、很好看啊!'"①我国传统的戏剧却是让观众各处瞧到。它不像图画那样只有一个正面,以致背面的情景只好向观众描叙;它像一个转动的立体,每一面都可以转向观众。尽管一会儿天上玉皇殿,一会儿水底龙王宫,只要故事里涉及,都可以在同一本戏里随着故事进展一一成为戏台上的场面。史诗只可以把一桩事件同时发生的许多情节一一描叙,我国的传统戏剧却能把这许多情节一一表演。例如《琵琶记》里,一方面赵五娘在家受苦,一方面蔡伯喈在京城享福,故事的两面对照着都在戏台上表演,全不用叙述。

我国传统戏剧里的叙述,不是向观众叙述戏台以外所发生的事,而是剧中人向其他不知情的角色叙述台上已经演过的

---

① 见《〈克朗威尔〉序言》(*La Préface de Cromwell*)。——苏里奥(Maurice Souriau)编注本 233 页。

事。例如《西厢记》卷五第三折红娘对郑恒叙张生下书解围的事；《琵琶记》三十八出张公向李旺叙赵五娘吃糠、剪发、筑坟的事；《窦娥冤》第四折窦娥的鬼魂向窦天章叙她受屈的始末。莎士比亚《哈姆莱特》剧中鬼魂向哈姆莱特叙述的，是戏开场以前的往事，窦娥叙述的却是第一、二、三折的全部情节。假如仿照希腊悲剧的结构，这许多重复叙述的情节也许都该划在整一的故事之外，成为追叙的往事。可是在我国传统的戏剧里，并没有必要把戏的起点挨近结局，因而把许多情节挤到戏剧故事以外，成为叙述的部分。我国传统戏剧里时间的长短，只凭故事需要，并没有规定的限度。例如《西厢记》的时间比较紧凑。张生和莺莺从相遇到幽会，不过三四天的事。张生中举荣归和莺莺成婚，也不过是半年以后的事。《琵琶记》的时间就宽绰得多。戏开场时蔡伯喈还在家乡，不肯应举。他进京赴试，中状元，做官六七载，才和赵五娘重逢。然后又庐墓三年，到合家旌表后才收场。又如《窦娥冤》只是短短四折的杂剧，在楔子里窦娥才七岁，戏到窦娥死后四年才结束。因为没有时间的限制，故事不必挤在一个点上，幅度不妨宽阔，步骤就从容不迫，绰有余地穿插一些较长的情节。

李渔说,"戏之好者必长"①,又怕贵人没闲暇从开场看到终场,就想出个"缩长为短"的办法,去掉几折,上下加几语叙述。②按亚里斯多德的理论,这些可去的情节就不是整体中的有机部分;结构整一的戏剧里容纳不下这些无关紧要的情节。我们现在又往往提出一折作为"折子戏",可见这些情节有相当的长度。有相当长度的情节,《诗学》所讲究的戏剧结构里也是容纳不下的。

法国古典派理论家在解释《诗学》所论戏剧故事的整一性时指出,故事到收场,就不容穿插任何情节。因为观者很着急,凡是不直接关涉主题的事都无暇留连。这是古典派理论家一致承认的规则。③可是在我国传统的戏剧里,故事收场时并不急转直下,还有余闲添些转折,李渔所谓求"团圆之趣"该有"临去秋波那一转":

> 水穷山尽之处,偏宜突起波澜,或先惊而后喜,或始

---

① 见《中国古典戏曲论著集成》第7册77页。
② 同上书,77页。
③ 见《法国古典主义理论的形成》250页。

疑而终信,或喜极、信极而反致惊疑,务使一折之中,七情俱备……

收场一出,即勾魂摄魄之具,使人看过数日而犹觉声音在耳、情形在目者,全亏此出撒娇,作临去秋波那一转也。①

《西厢记》结尾,张生报捷,莺莺寄汗衫,两人马上就要团圆,可是第五卷的第三折还来个郑恒求配的转折。《琵琶记》结尾蔡伯喈和两个妻子已经团聚,第三十九出牛丞相还要阻挠女儿随婿还乡。李渔所著十种曲,每本收场都有一番波折。例如《巧团圆》第三十二出一家骨肉已经团聚,第三十四出又来个义父、亲父抢夺儿子。《慎鸾交》结局时有情人将成眷属,第三十四出还要来一番定计试探。《怜香伴》第三十五出一男二女已奉旨完婚,可是第三十六出还要来个丈人作梗。这类穿插,西洋史诗的结构可以容许,西洋戏剧的结构就容纳不下。

以上种种,都证明我国传统戏剧的结构,不符合亚里斯多德所谓戏剧的结构,而接近于他所谓史诗的结构。李渔关于戏

---

① 见《中国古典戏曲论著集成》第7册69页。

剧结构的理论，表面上、或脱离了他自己的戏剧实践看来，尽管和《诗学》所说相似相同，实质上他所讲的戏剧结构，不同于西洋传统的戏剧结构，而是史诗的结构——所谓比较差的结构。他这套理论适用于我国传统戏剧，如果全部移用于承袭西方传统的话剧，就有问题，因为史诗结构不是戏剧结构，一部史诗不能改编为一个悲剧，一本我国传统的戏也不能不经裁剪而改编为一个话剧。由此也可见，如果脱离了具体作品而孤立地单看理论，就容易迷误混淆。

西洋小说往往采用戏剧式的紧密结构，把故事尽量集中在较小的地域，较短的时间。例如奥斯丁（Jane Austen）的小说就称为"戏剧式的小说"（Dramatie novel）[①]。我国的传统戏剧却采用了幅度广而密度松的史诗结构。希莱格尔（Friedrich Schlegel）说："但丁的《神曲》是一部小说"，"莎士比亚的悲剧是古典悲剧和小说的混合产物。"[②]那么，我国的传统戏剧可称为"小说式的戏剧"。现代欧洲提倡的"史诗剧"（epic theatre）

---

① 见缪尔（Edwin Muir）《小说的结构》（*The Structure of the Novel*）42—47, 58—59页。
② 见《文学笔记》（*Literary Notebooks*），艾希纳（Hans Eichner）编注本第76则，第86则。据说这是浪漫主义文评的常谈。

尽管和我国的传统戏剧并非一回事，可是提倡者布莱希特（Brecht）显然深受中国传统戏剧的影响。他赞扬"史诗剧"，也因为它有松懈的结构，可以反映宽阔的社会背景。他说："现在对一个人应该从他整个社会关系来掌握他。戏剧家惟有用史诗的形式，方才能够反映世界全貌。"①

戏剧的结构和史诗的结构虽然都须有整一性，但整一性在程度上的差别造成性质上的不同。戏剧理论家为了打破"三一律"的束缚，反对时间和地点的规律，往往说，亚里斯多德《诗学》只提出故事整一的要求，并未有时间和地点的规定。可是，他们如果把时间和地点的约束全盘否定，那么，亚里斯多德所论的戏剧结构就同于李渔所论的戏剧结构——也就是说，不成为戏剧结构，而成了史诗结构。

一九五九年

---

① 见转引自殷特立《剧作家兼思想家》218页。

五　事实—故事—真实

美国散文家霍姆士在他《早餐桌上的独裁者》一书里，谈起他为什么不写小说。他说，写小说不比写诗。写诗可以借文字的韵律、想象的光彩、激情的闪耀等把自己赤裸裸的心加以掩饰；写小说就把自己的秘密泄漏无遗，而且把自己的朋友都暴露了。①这话原带几分诙谐，但他这点顾虑，大概中外许多小说家也体会到，所以常设法给自己打掩护。或者说，这个故事千真万确，出自什么可靠的文献，表明这部小说不是按作者本人的经历写成。或者说，小说里的人物故事都是子虚乌

---

① 见霍姆士（Oliver Wendell Holmes，一八〇九——一八九四）著《早餐桌上的独裁者》(*The Autocrat of the Breakfast Table*)，伦敦沃尔特·司各特版 55 页。

有，纯属虚构，希望读者勿把小说里的人物故事往真人——尤其是作者自己身上套去。这类例子，西洋小说里多不胜举。我国小说作者为自己打掩护的例子，也随手拈来就有。

《红楼梦》开卷第一回说，作者"将真事隐去"，用假语村言敷衍出一段故事来；故事也"无朝代年纪可考"。但作者似乎觉得遮盖不够，还使用了一些隐身法，表示贾宝玉的经历，不是曹雪芹的经历，作者也不是曹雪芹；曹雪芹不过把现成的《红楼梦》"披阅十载，增删五次，纂成目录，分出章回"。《红楼梦》是空空道人从"字迹分明、编述历历"的石上抄来。据《红楼梦》程乙本，石头就是神瑛侍者[①]——贾宝玉的前身。据脂本，石头是神瑛下凡时夹带的"蠢物"，是贾宝玉落胎衔下的通灵宝玉，换句话说，石头不是宝玉本人，只是附在他身上的旁观者。

《水浒传》写一百单八个好汉；即使真有其人，也是前朝的人物了，他们干的事，作者不怕沾边。可是作者在开卷第一回还打出官腔，说这伙强盗是妖魔下凡；第二回表示作者赞许的不是水泊聚义的强盗，是明哲保身的王教头。

---

① 见作家出版社《红楼梦》4页。下引均出此版。

小说作者在运用"隐身法"的同时，又爱强调他书里写的确是真情实事。《红楼梦》所记金陵十二钗，"闺阁中历历有人"①，是作者"这半世亲见亲闻的几个女子"②。《水浒传》里三十六员"天罡星"在《大宋宣和遗事》里既有名有姓，小说所记想必凿凿有据。《会真记》是元稹所撰传奇小说，但故事里说得人证物证俱全，张生把莺莺寄他的情书给朋友看了，"由是时人多闻之"。杨巨源、李绅、元稹还都为这事做了诗。可见张生真有其人，他和莺莺的一段私情也真有其事。

具有讽刺意味的是：故事如写得栩栩如真，唤起了读者的兴趣和共鸣，他们就不理会作者的遮遮掩掩，竭力从虚构的故事里去寻求作者真身，还要掏出他的心来看看。

当然，了解作者的思想感情和为人行事，有助于了解他的作品。我们研究一部小说，就要研究作者的社会和家庭背景，要读他的传记、书信、日记等等。但读者对作者本人的兴趣，往往侵夺了对他作品的兴趣；以至研究作品，只成了研究作者生平的一部分或一小部分。例如海外学者说我国的"《红》

---

① 见作家出版社《红楼梦》1页。
② 同上书，3页。

学"其实是"曹学",确也不错。研究文学作品往往如此。英国十九世纪小说家狄更斯和萨克雷的小说,在他们国内是流传颇广的读物。学者研究他们的作品,就把他们生前不愿人知的秘密一一揭发。他们曾用浓墨涂掉的字迹,在科学昌明的后世,涂上些化学液,就像我们大字报上指控的秘事一样"昭然若揭",历历可见。于是我们知道狄更斯私心眷爱的是哪一位内姨、哪一位女明星;萨克雷对他好友的妻子怎样情思缠绵。他们的秘密都公开了。

诗人也并不例外。诗人的诗,并不像海蚌壳内夹进了沙子而孕育出来的珍珠那样,能把沙子掩藏得不见形迹。后世读了莎士比亚的十四行诗,就要追问诗人钟情的"黑女郎"(Dark Lady)究竟是谁,那位挚友和诗人又是什么关系;读了拜伦《我们俩分手的时候》,就要知道"我们俩"中的那一位是谁;读了朱彝尊的《桂殿秋》"共眠一舸听秋雨,小簟轻衾各自寒",就要问那是和谁共"渡江干",和他《风怀》五言排律所写的是否指同一个女人。越是人所共知的作品,因为流传久远,就使作者千秋万世之后,还被聚光灯圈罩住,供读者品评议论。

作者如果觉得自己这颗心值得当做典型来剖析,不妨学卢梭写《忏悔录》,既省得读者费功夫捉摸,也免得自己遭受误解。不然，干脆写真人真事。世上现成有人人爱戴的豪杰之士，有人人鄙恶的奸邪小人。我们读到有关革命英雄的报道，尽管朴质无文，也深受感动，心向神往。作者何不写传记、回忆录、报道之类，偏要创作小说呢？

看来小说家创作小说，也和诗人作诗一样情不自禁。作者在生活中有所感受，就好比我国历史上后稷之母姜嫄，践踏了巨人的足迹，有感而孕。西文"思想的形成"和"怀孕"是同一个字。①作者头脑里结成的胎儿，一旦长成，就不得不诞生。

我们且不问作者怎样"有感而孕"。因为小说的范围至为广泛。作者挑选的体裁、写作的动机、题材的选择、创作的方法，以及内心的喜怒哀乐等等感情各有不同。但不管怎样，小说终究是创作，是作者头脑里孕育的产物。尽管小说依据真人实事，经过作者头脑的孕育，就改变了原样。便像历史小说《三国演义》，和历史《三国志》就不同；《三国演义》里披发仗剑的诸葛亮，不是历史上的诸葛亮。小说是创造，是虚构。但小说和其他艺术创造一样，总不脱离西方文艺理论所谓"模仿真实"。"真实"不指事实，而是所谓"贴合人生的

---

① 其英文为 conceive；法文为 concevoir；拉丁文为 concipere。

真相"①,就是说,作者按照自己心目中的人生真相——或一点一滴、东鳞西爪的真相来创作。

试举一简短的例,说明虚构的事如何依据事实,而表达真实。

元稹悼亡诗有一首《梦井》,说他梦中登上高原,看见一口深井。一只落在井里的吊桶在水上沉浮,井架上却没有系住吊桶的绳索。他怕吊桶下沉,忙赶到村子里去求助。但村上不见一人,只有猛犬。他回来绕井大哭,哽咽而醒。醒来正夜半,觉得那只落入深井的吊桶,就是埋在深圹下的亡妻化身,便伤心痛哭,醒梦之间,仿佛见到了生和死的境界("所伤觉梦间,便觉生死境")。元稹这个梦有事实根据。他的亡妻埋在三丈深的坟圹里。②当然,深井不是深圹,吊桶不是亡妻。但这个梦是他悼念亡妻的真情结成,是这一腔感情的形象化;而所具的形象——梦中情景,体现了他对生和死的观念,是他意识里的生和死的境界。

---

① 参看布切(S. H. Butcher)《亚里士多德有关诗与艺术的理论》(*Aristotle's Theory of Poetry and Fine Art*),麦克密仑版153页。下引同出此版。

② 参看他的《江陵三梦》诗"古原三丈穴,深埋一枝琼"。

梦是潜意识的创造。做梦的同时,创造就已完成。小说是有意识的创造,有一段构思的过程。但虚构的小说,也同样依据事实,同样体现作者的真情,表达作者对人生的观念。曹雪芹题《红楼梦》诗:"满纸荒唐言,一把辛酸泪……"小说尽管根据作者的半生经验,却是"将真事隐去"的"满纸荒唐言"。这"满纸荒唐言"是作者"一把辛酸泪"结成的,体现作者的真情。而作者描写"悲欢离合、兴衰际遇,俱按迹循踪,不敢稍加穿凿,致失其真"①,就是说,作者按照他所认识的世情常态,写出了他意识中的人生真相。

创造小说,离不开我们所处的真实世界。第一,作者要处在实际生活中,才会有所感受。我们要作者体验生活,就是此意。第二,真人真事是创造人物故事所必不可少的材料。若凭空臆造,便是琐事细节,也会使故事失实。例如写穷苦人吃棒子面,一根一根往嘴里送;写洋派时髦小姐喝咖啡,用茶匙一匙匙舀着喝;写旧日封建家庭佣仆对主人直呼其名,或夫妇间互称"老张"、"小李",都使读者觉得不可能,因而不可信。第三,真人真事是衡量人事的尺度。尽管有些真人真事比虚拟

---

① 见《红楼梦》3 页。

的人物故事还古怪离奇，虚构的人物故事却不能不合人世常情，便是蓄意写怪人怪事，也须怪得合乎情理。

但真人真事的作用有限。第一，真人真事不一定触发感受，有了感受也不一定就有创作。经验丰富的人未必写小说。感受是内因和外因的结合；铁片儿打在火石上，才会爆发火花；西谚所谓"你必须携带本钱到美洲去，才能把美洲的财富赚回来"。第二，经验所供给的材料，如不能活用，只是废料。写小说不比按食谱做菜，用上多少主料、多少配料，就能做出一盘美味来。小说不能按创作理论拼凑配搭而成。第三，真人真事不成尺度。要见到世事的全貌，才能捉摸世情事势的常态。不然的话，只如佛经寓言瞎子摸象，摸不到象的真相。

真人真事的价值，全凭作者怎样取用。小说家没有经验，无从创造。但经验好比点上个火；想象是这个火所发的光。没有火就没有光，但光照所及，远远超过火点儿的大小。《水浒传》写一百单八个好汉，《儒林外史》写各式各样的知识分子，《西游记》里的行者、八戒，能上天、入地、下海，难道都是个人的经验！法国小说《吉尔·布拉斯》写的是西班牙故事，作者从未到过西班牙，可是有人还以为那部小说是从西班牙小说翻译的。这都说明作者的创造，能远远超出他个人的经验。

想象的光不仅四面放射,还有反照,还有折光。作者头脑里的经验,有如万花筒里的几片玻璃屑,能幻出无限图案。《红楼梦》里那么许多女孩子,何必个个都真有其人呢?可以一人而分为二人、三人;可以一身而兼具二美、三美。英小说《名利场》的作者自己说,这部小说里的某人,一身兼具他的母亲、他的妻子、他爱慕的女友三人的性格。又说作家创造人物,是把某甲的头皮、某乙的脚跟皮拼凑而成。这就是说,小说里的人物不是现成的真人,而是创造,或者可以说是严格意义上的"捏造",把不同来源的成分"捏"成一团。法国小说《包法利夫人》的主角,曾有人考出是某某夫人,但作者给他女友的信上一再郑重声明:"包法利夫人是我自己——是我按照自己塑造的。"[①]我们总不能说作者原来是个女人呀。英小说《鲁滨孙漂流记》的确根据真人真事,但小说里的鲁滨孙和真人赛尔柯克(Selkirk)是截然两人,所经历的事也各自不同。这都说明小说里的人物故事尽管依据真人真事,也不是真人真事。作者由观察详尽,分析入微,设身处地,由小见大,能近取之自身,远取之他人,近

---

① 见蒂勃代(Albert Thibaudet)著《古斯塔夫·福楼拜》(*Gustave Flaubert*),一九三五年加利玛(Gallimard)版92页。

取之自身的经历,远取之他人的经历,不受真人实事的局限。

但小说家的想象,并非漫无控制。小说家的构思,一方面靠想象力的繁衍变幻,以求丰富多彩,一方面还靠判断力的修改剪裁,以求贴合人生真相。前者是形象思维,后者是逻辑思维,两种思维同时并用。想象力任意飞翔的时候,判断力就加以导引,纳入合情合理的轨道——西方文艺理论所谓"或然"或"必然"的规律,①使人物、故事贴合我们所处的真实世界。因为故事必须合情合理,才是可能或必然会发生的事,我们才觉得是真事。人物必须像个真人,才能是活人。作者喜怒哀乐等感情,必须寄放在活人心上,才由抽象转为真实的感情,而活人离不开我们生存的世界。便是神怪小说如《西游记》里的孙行者和猪八戒,也都是人的典型;《聊斋志异》里的狐鬼,也过着我们人世的生活。读者关切的是活的人、真的事。读一部小说,觉得世上确有此等事,确有此等人,就恍如身入其境,仿佛《黄粱梦》里的书生,经历一番轮回,对人世加深了认识。作者写一部小说,也是要读者置身于他虚构的境地,亲自领略小说里含蕴的思想感情;作者就把自己的感

---

① 见布切《亚里士多德有关诗与艺术的理论》164页。

受,传到读者心里,在他们心里存留下去。

小说有它自身的规律和内在的要求。真人真事进入小说的领域,就得顺从小说的规律,适应这部小说的要求。即使是所谓"自叙体"小说,大家公认为小说所根据的真人真事,也不能和小说里的人物故事混为一谈。人既不同原来,事也随着改变,感情也有所提炼。我们不妨借一个大家熟悉的小故事为例,加以说明。

元稹所撰《会真记》(或《莺莺传》)向来称为自叙之作。元稹的艳诗里又有《莺莺诗》、《赠双文》、《会真诗》等诗。考据者因此断定传奇所记是真情实事。但艳诗的作者元稹,和传奇里的张生并不一样;艳诗里的莺莺,和传奇里的莺莺也大不相同。

诗和小说同是虚构,不能用作考究事实的根据。但元稹寄给白居易的《梦游春》诗,有自题的序;白居易《和梦游春》诗,也有自序。两人的序显然是至友间的私房话。①据此二序,

---

① 元稹的序上说:"斯言也,不可使不知吾者知,知吾者亦不可使不知。乐天知吾〔者〕也,吾不敢不使吾子知……"白居易序上说:"微之微之,予斯言也,尤不可使不知吾者知,幸藏之云尔。"

可知元稹《梦游春》是叙述自己的"梦游"以及结婚、做官的经历，白居易认为"大抵悔既往而悟将来也"，但说元稹不够彻悟，所以"重为足下陈梦游之中所以甚感者，叙婚仕之际所以至感者"；诗里劝诫说："艳色即空花"，"合是离之始"，"魔须慧刀戮"等语。这就可见元稹未能挥慧剑斩断情丝。元稹艳诗如《梦昔时》、《古决绝词》、《所思》、《莺莺诗》、《离思》、《赠双文》、《杂忆》等作①，尽管没指明情人是谁，显然都是写他本人的爱情。

大抵诗人所谓"游仙""会真"，无非寻花问柳而有所遇。"灵境"的"仙"，"花丛"的"花"，就是美人，或者干脆说，就是妓女。②《梦游春》叙他遇见一个中意的美人，但和她不久分手，思念甚苦，觉得其他美人不复值得顾盼。所以"觉来八九年，不向花回顾……我到看花时，但作怀仙句……"《离思》"取次花丛懒回顾，半缘修道半缘君"，显然也是为这位美人所作。《莺莺诗》亦作《离思》第一首，所以这位美人就名莺莺——很可能是假名。《古决绝词》写一对别多会少的情

---

① 见《全唐诗》卷15，元稹16。
② 见陈寅恪《元白诗笺证稿》107页。

人。第一首女方说,她宁愿彼此是天上牵牛织女星,"七月七日一相见,相见故心终不移",但她只是朝开暮落、随风四飞的红槿花。她怨叹说:"君情既决绝,妾意亦参差,借如生死别,安得常苦悲。"第二首男方说自己心怀郁结,因为"有美一人,于焉旷绝"。这位美人年纪很小("水得风兮,小而已波,笋在苞兮,高不见节"),她像桃李当春,众人竞相攀折("矧桃李之当春,竞众人而攀折")。所以男的说:我走后怎保得住你的清白("安能保君皑皑之如雪");我虽是你第一个情人,但怎能叫你不给别人抢去("幸他人之既不我先,又安能使他人之终不我夺");末了慨叹说:罢了,牛女一年一见,别后彼此什么事不干("彼此隔河何事无")。第三首合男女双方说:"夜夜相抱眠,幽怀尚沉结,那堪一年事,长遣一宵说……一去又一年,一年何可彻。有此迢递期,不如生死别,天公隔是妒相怜,何不便教相决绝。"这首诗题目是《古决绝词》,写的是这一对情人决绝不下,只好怨老天爷忌妒他们相爱,给他们无限苦恼。《所思》"相逢相失还如梦,为雨为云今不知……";《梦昔时》"……山川已永隔,云雨两无期,何事来相感,又成新别离"。都可见作者情思缠绵,睡梦里都撩拨不开。不论元稹迷恋的是一个莺莺,或者还有别人,他并不像秉性坚贞、不近女色的张生；他的用情和张生的忍情也不一样。

众人竞相攀折的桃李花，"一任东西南北飞"的红槿花，指什么女人，可想而知。《莺莺诗》有"频动横波嗔阿母，等闲教见小儿郎"句。阿母可"等闲教见小儿郎"的莺莺，若不是那个比做红槿和桃李的美人，也是一流人物。《赠双文》"有时还暂笑，闲坐爱无憀"的双文，《杂忆》中打秋千、捉迷藏的双文，都是娇憨美人。按名字，莺莺就是双文。即使不是一人，据诗里的形容，身份还是一样。元稹赠当代才妓薛涛和刘采春的诗①，都称赞她们的文采，但他为自己思念的美人所作的诗，没有只字说到她或她们的才艺，或对诗书的喜好。《会真记》里的莺莺，却是大家闺秀。张生若不是表兄又加恩人，老夫人决不会"等闲教见"。她又多才多艺，善属文，善鼓琴，而才华不露，喜怒亦罕形见。可见传奇里的莺莺，无论身份、品格、才华，都超出元稹所恋爱的美人。

张生和崔莺莺很可能是借用《游仙窟》里张文成、崔十娘的姓。②但是不仅借用姓氏，两个人物都是虚构；尽管取材

---

① 见《全唐诗》卷15，元稹28。
② 见陈寅恪《元白诗笺证稿》107页。

于真人，传奇里的人已不是真人。但看崔莺莺写的情书，若没有元稹的才学，很难写得那么典雅；莺莺的才艺显然是作者赋予她的。这篇传奇写的是缠绵悱恻的男女私情。情虽深，未能有始有终；一霎欢爱只造成无限哀怨、不尽惆怅。传奇里着重写张生秉性坚贞，非礼勿乱，无非显得他对莺莺的迷恋不同于一般好色之徒的猎艳。莺莺能使张生颠倒，也衬出了莺莺不同于寻常美人。莺莺是个端重的才女。她爱张生的才，感张生的痴情。她把张生深夜哄到西厢私会却又训斥一番，也许是临时变卦，也许真是要和他见一面、谈几句。反正她"言则敏辩"，一席话振振有辞。而她这番举动，完全合乎"或然"、"必然"的规律。张生无言以对，绝望而去，想必加添了她的怜念，说不定还带几分歉意。她终于委身相就，是出于深情所感。假如莺莺是个妓女，张生是个寻花问柳的老手，他们的相爱就不像张生和莺莺之间的情意那么希罕而值得记载。但张生既是个孤介书生，凭他的封建道德观和男女不平等的贞操观，必然会对莺莺有鄙薄的看法：她能为自己失身，也能为别人失身；能颠倒他，也能颠倒别人。传奇里的莺莺虽是大家闺秀，在这点上就和"等闲教见小儿郎"的莺莺，或众人竞相攀折的"桃李花"身份相近，都是"尤物"罢了。张生无意娶她，却又恋恋于她，就和元稹不能与所欢偕老而决绝不下、感情略有相似。假如元稹的《会真记》正是要写他这种情怀，那么，张生的忍情，不仅适合人物的个性，也适合故事的要求。因为老夫人知道木已成舟，不会阻挠婚事，张生和莺莺尽可欢喜收场，不必两下里怨恨惆怅。婚事不成，只为张生忍情。张生忍情不是元稹的主张，只是由小说自身的规律、小说内在的要求造成。传奇里"坐者皆为深叹"云云，无非大家都深为惋惜，亦见作者本人并不赞许。作者只说，写这部传奇是要"使知之者不为，为之者不惑"，但张生并不能"不惑"。他后来求见莺莺不得，"怨念之诚，动于颜色"，可见张生很矛盾。莺莺婉转的言辞、凄恻的琴韵、怨而不怒的情书，都不能使张生始终其情；她虽然赋诗谢绝张生，还是余情未断，一腔幽怨郁结在心，赢得读者深切的同情。元稹这个始乱终弃的故事，分明不是旨在宣扬什么"忍情"的大道理，而是要写出这一段绵绵无尽的哀怨惆怅。这不仅是张生和莺莺两人的不如意事，也是人世间未能尽如人意的常事；并且也体现了人类理智和情感的矛盾。理智认识到是不可弥补的缺陷，情感却不肯驯服，不能甘休，却又无可奈何。此类情感是人生普遍的经验。这就证明了西方文论家所谓："一件虚构的事能表达普遍的真理"（a particular fiction can lead towards a general truth)①,所以这个小小的故事很动人,后世不仅歌咏它②,还改成了团圆收场的《西厢记》。

虚构的故事是要表达普遍的真理,真人真事不宜崭露头角,否则会破坏故事的完整,有损故事的真实性。例如《红楼梦》里人物的年龄是经不起考订的。作者造成的印象是流年在暗中偷换;当时某人几岁只偶尔点出。林黛玉第一天到贾府会见贾家姊妹时,迎春"肌肤微丰,身材合中";探春"削肩细腰,长挑身材";惜春身量未足,形容尚小。其钗环裙袄,三人皆是一样的妆束。③这三位小姐,好像描写得各如其分。但林黛玉那时才六岁,宝玉才七岁。(据说满人和汉人同样都用虚岁计算年龄)探春是宝玉的异母妹,至大也不过和宝玉同岁。六七岁的小女孩,只怕还在没有腰身只有肚子的阶段,还须过十年、八年,身量才会长足。惜春小于黛玉,当时还未留头,恐怕是才穿上满裆裤的小娃子呢,远未到及笄之年,叫她戴上钗环,穿上裙子,岂不令人失笑。但宝玉和黛玉若不是六

---

① 见勒纳(Laurence Lerner)著《最真的诗》(*The Truest Poetry*),一九六〇年版4页。
② 例如赵令畤《侯鲭录》卷5,蝶恋花商调12首。
③ 见《红楼梦》24页。

七岁的小孩子,就不能一床上睡觉。宝玉日常在女孩儿队中厮混,年龄不能过大。我们只算宝玉、黛玉异常乖觉早熟就行;他们的年龄,不考也罢。但有时却叫人不能不想到他们的年龄。第三十回宝玉说:"你死了,我做和尚。""黛玉两眼直瞪瞪的瞅了他半天,气的'嗳'了一声,说不出话来。见宝玉憋的脸上紫涨,便咬着牙,用指头狠命在他额上戳了一下,哼了一声,说道:'你这个——'刚说了三个字,便又叹了一口气,仍拿起绢子来擦眼泪。"① 上文第二十五回,王夫人屋里的丫头彩霞咬着牙把贾环戳了一指头,骂他没良心②,那是很传神的。林黛玉对贾宝玉也这般行径吗? 好像不合黛玉的身份,也不合黛玉的年龄——按这是宝玉逢五鬼同年的事,宝玉十三周岁③,黛玉十二周岁。是否因为黛玉的行为不合身份,连带唤起了年龄的问题呢? 令人不禁猜想,是否有什么事实,在小说里没有消融。

小说家笔下的人物,有作者赋予的光彩。假如真身出现,

---

① 见《红楼梦》312 页。
② 同上书,250 页。
③ 同上书,258 页。

也许会使读者大失所望。《老残游记》第十三回，翠环议论作诗的老爷们老是夸自己的才情，或者"就无非说那个姐儿长的怎么好……那些说姐儿们长得好的，无非却是我们眼前的几个人，有的连鼻子眼睛还没有长的周全呢，他们不是比他西施，就是比他王嫱，不是说他沉鱼落雁，就是说他闭月羞花。王嫱俺不知道他老是谁，有人说就是昭君娘娘。我想，昭君娘娘跟那西施娘娘，难道都是这种乏样子吗？一定靠不住了"①。这段议论和近代意大利美学大师克罗齐的话几乎相同。克罗齐说，他忘了哪位作家说的，诗里形容的那些天仙化身的美人，事实上都是不怎么地；"她们真人的言谈举止，和小丫头片子没多大分别。"②他又引大批评家德·桑克蒂斯（De Sanctis）的话说："那些虚构的人物不能近看。你如果问我雷欧帕狄笔下的内莉娜究竟是车夫的女儿，还是帽贩子的女儿，哎呀！你给我把内莉娜毁了。"③

---

① 见刘鹗著《老残游记》（人民文学出版社）123—124 页。
② 克罗齐（B. Croce）《论诗》（*La Poésie*），德莱夫斯（D. Dreyfus）法文译本，法国大学版 81 页。
③ 见《论诗》213 页。雷欧帕狄（Giacomo Leopardi，一七九八——一八三七）是十九世纪意大利最大的抒情和哲理诗人。

莎士比亚的剧中人说,"最真的诗是最假的话。"①这话和《红楼梦》太虚幻境前的对联上所说:"假作真时真亦假"②,涵义不知是否相同。明容与堂刻《水浒传》卷首《水浒一百回文字优劣》劈头说:"世上先有《水浒传》一部,然后施耐庵、罗贯中借笔墨拈出,若夫姓某名某,不过凭空捏造,以实其事耳。"这段话把事实、故事、真实的关系,说得最醒豁。"凭空捏造,以实其事"就是说,虚构的故事能体现普遍的真实。

若是从虚构中推究事实,那就是以假为真了。堂吉诃德看木偶戏,到紧要关头拔剑相助。③这类以假为真的事,中外文学史上都有。法国十八世纪有个主张重返自然也赞成革命的军事工程师拉克洛。④他痛恨当时法国上流社会的荒淫腐朽,用书信体写了一部小说《危险的私情》(*Les Liaisons Dangereuses*)。小说风行一时,后来列入法国文学的经典。拉克洛"是一个标准的君子和模范丈夫,却写了一部最为邪恶得可怕

---

① 见《如愿》(*As You Like It*)第三景第三幕。
② 见《红楼梦》5页。
③ 见塞万提斯《堂吉诃德》下册第26章。
④ 拉克洛(Pierre Choderlos Laaclos,一七四一——一八〇三)是卢梭的学生,唐东(Danton)的好友。《红与黑》作者斯汤达所崇拜的小说家。

的书"。①读者把小说里专引诱女人的坏蛋和作者本人等同或混淆为一;拉克洛终身以至身后被人称为"邪恶的拉克洛"(l'infernal Laclos)。元稹写了《会真记》,也成了始乱终弃的薄幸人;有人搜求崔氏家谱来寻找崔莺莺的父亲,又有人伪造了《郑氏墓志》来证明崔莺莺的母亲是元稹的姨母。②《会真记》竟成了元稹的自供状。若说元稹此作是"直叙其始乱终弃之事迹",为自己的"忍情"辩护③,又安知他不是正为多情,所以美化了情人的身份,提升了他们的恋爱,来舒泻他郁结难解的怅恨呢?

霍姆士只顾虑到写小说会暴露自己的秘密。但是,写小说的人还得为他虚构的故事蒙受不白之冤,这一点,霍姆士却没有想到。

一九八○年二月

---

① 普鲁斯特(Marcel Proust,一八七一——一九二二)著《追忆逝水年华》(*A la Recherche du Temps Perdu*),七星丛书版第3册381页。
② 见陈寅恪《元白诗笺证稿》110页。
③ 同上书,112—113页。

六 旧书新解
——读《薛蕾丝蒂娜》

小说这个文艺类型（genre）最富有弹性，能容纳别的类型（如戏剧、诗歌），体裁也多种多样（如书信体、日记体）；它在发展过程中，不断开拓新领域，打破旧传统。[①]例如我国旧小说里，往往用诗歌描写人物、景色，现代小说里就不用了。十八、十九世纪的西洋小说，也往往像我国章回体的旧小说那样，作者介入故事且叙且议，这个传统多少也打破了。近代某些欧美小说家，力求小说里的人物故事如实地在读者心目

---

① 参看贝公济（B. Bergonzi）著《小说的现状》（*The Situation of The Novel*）第2版（一九七九）15—16页；威雷克与沃仑（R. Wellek and A Warren）合著《文学理论》（*Theory of Literature*），企鹅丛书（一九七六）229页。

中展现，作者或钻入人物衷曲，或站在故事之外，不以作者身份露面或出声。他们要求故事里的人物和情节，像人世间客观存在的事物，不是作者的捏造。因为"小说家不是上帝"，小说家的创造不是人世间的客观现实。人物要写得客观，还需深入内心，把他们的心理活动——"意识流"也如实展现。①

这里不准备讨论近代小说理论，只是要讲一本重要的古代经典。书的名称是"喜剧或悲喜剧"，可是读来却像打破小说传统而别具风格的小说。这是西班牙一四九九年初版的《薛蕾丝蒂娜》（*La Celestina*），亦称《葛立斯德与玫丽贝的悲喜剧》。这本书还未有中文译本，我为了便于叙说，下文简称《薛婆》，人物的名字也加以简化。据考证，剧里最长的第一出是无名氏之作，后由罗哈斯（Fernando de Rojas）续完，共十六出。以后有人增添五出，成为二十一出。有些学者指出，全书无论故事、人物、风格都一气呵成，不见焊接的痕迹。作者想是故弄玄虚，一人而化身为三，借以掩藏自己。也有人认

---

① 参看威雷克与沃仑《文学理论》223—225 页；步斯（W. C. Booth）《小说的修辞学》（*The Rhetoric of Fiction*，一九六一）19，24—25，26—27，50—53，54—55 页。

为全书除第一出外,全出一人手笔。有人却认为除了增添的五出,都出自同一作者。这里不考证作者何人或几人,只把这个"喜剧或悲喜剧"看做完整的文艺作品,而从它近似小说的方面来探讨一些问题。

书里讲的是一个陈腐的恋爱故事。漂亮阔绰的葛立德少爷爱上美貌的裴府独生女玫丽小姐。葛少爷央薛婆作纤头,和裴小姐互通情愫,约定午夜在裴府花园幽会。花园墙高,葛少爷幽会后逾墙登梯失足,堕地身死。裴小姐因亦跳塔自杀。薛婆贪贿,不肯和葛家二小厮分肥,因被刺杀;二小厮遂亦被捕处死。这是故事的梗概。

这类俊男美女的恋爱故事,中外文学作品里并不少见。故事的中心人物,往往是那一对情人,撮合者充当他们的工具,促成姻缘。例如比这本书较晚一百年的莎士比亚名剧《罗密欧与朱丽叶》里,为情人撮合的神父和传递消息的乳母,都是要帮助有情人成为眷属。我国《西厢记》里的红娘,也一意促成张生和莺莺的好事。他们都不是为自身打算。但这个"剧"里的中心人物却不是一对情人,而是以操纵男女私情为职业的积世老虔婆薛蕾丝蒂娜。薛婆为情人"拉纤",是为她自身的生存和利益。她和同伙的私门子阿莉、阿瑞,葛家小厮三普、八儿等人，都依靠富人或剥削穷人而得生存，和《小癞子》①里的癞子是一流人物。薛婆可算是流浪汉的祖婆婆。故事侧重的角度不同，陈旧的题材会出现新面貌。同时也说明为什么这个"剧"以《薛婆》著称，一对情人的名字只在副题里出现。

葛少爷和裴小姐的爱情，从薛婆等人眼里看来，当然和痴情人主观所见大不相同。历来写英雄美人或才子佳人的传奇，大多从情人的角度，写爱情的缠绵悱恻，爱情的追魂摄魄，爱情的顽强固执。《薛婆》这个故事却主观客观两面俱到。主观上是伟大的甜蜜的爱情，客观上是不由人自主的男女情欲。《罗密欧与朱丽叶》写的是生死不渝的恋爱，是灵与肉的结合。《薛婆》写的是偷情，肉重于灵，和我国旧小说《会真记》略近。葛少爷并不想和裴小姐结为婚姻，终身好合。他即使不摔死，裴小姐早晚必遭遗弃。她若决意不嫁别人，在那时候的西班牙社会里，到头来只好自杀，或入修道院忏悔余生。她甘为情死，也表现她在爱情的迷恋中失去理智，把年老的双亲弃置不顾。这个故事不是爱情的赞歌，而是魔鬼导演的

---

① 西班牙十六世纪五十年代出版的"流浪汉小说"，一般认为是"流浪汉小说"之祖。我译为《小癞子》。

"贪、嗔、痴"大合唱。曲终,死神把几个主要角色,不问男女老少,一股脑儿纳入他的口袋,狞笑下场。作者原把这本书称为"喜剧"。但他在序文里说,有人认为收场悲惨,该称悲剧;他采取折中办法,改名为"悲喜剧"。他在《引言》里阐明宗旨:"有人痴情颠倒,把情人称为自己的上帝;有人受虔婆佞仆之欺,迷惑不悟。"这个"喜剧或悲喜剧"是对这等人的呵斥(represión),也聊以供他们照鉴。序文和《引言》之前有作者《致友人书》,也说明同样的宗旨。假如《堂吉诃德》是反骑士小说的骑士小说,《薛婆》可算是反爱情故事的爱情故事。

作者在隐藏自己姓名的"离合诗"①里说,这个"喜剧或悲喜剧"承袭古罗马喜剧的传统。那种喜剧,在中世纪的欧洲,是为朗诵而不是为上演的。《薛婆》确也不便在舞台上演出,因为是史诗的结构,——也就是小说的结构,没有戏剧结构所要求的时间、地点的统一性。一出戏里有同时在两地发生的事,或从某一地点到另一地点一路上说的话,好像我国传统旧戏里,一个角色在舞台上说话的时候,背景就在不断地变

---

① 每行诗的第一个字母,拼成作者的姓名。

换。背景变换，实际上是人物在远比舞台辽阔的空间行动。而且故事里又有许多穿插的情节，一桩桩陆续在舞台上表演，分不出主次，故事就显得散漫，失去统一性。

尽管是史诗性结构的戏剧，还是可供舞台上表演的。西洋的"史诗剧"利用幻灯投影等技巧，扩大舞台的地域；穿插的情节可用歌唱队的叙述来贯穿。我国传统的旧戏、布景和动作（开门、上马、坐轿等等）都用象征；过去和当前的情节由角色上场自己叙说。《薛婆》这个"剧"压根儿没有舞台。一般剧作者尽管不登台表演，却借舞台指导进行导演。这个"剧"没有一句舞台指导。事情好像是人世间发生的，不是舞台上的表演。

全书二十一出，好比二十一章。每出开头有一小段撮要。据作者在序文里说，这是印刷者擅自加上的，作者认为大可不必。原作只有人名和对话（包括旁白和独白）。哪一段是旁白或独白也没有说明，不过读来自能区分。作者单凭对话来叙说故事，刻画人物，并描述人物的内心活动。试举例说明。

葛少爷追赶他那只逃逸的鹞鹰，闯入裴府花园，撞见裴小姐，一见倾倒，想和她攀话，却被小姐严词斥逐。他回家失魂落魄，说裴小姐是他的上帝。他的小厮三普劝诫少爷勿受女人迷惑，还阐发西洋中世纪对女人的看法，说女人脆弱，是不完美的。但是他看到劝诫无效，就说，要少爷遂心也不难，他情妇阿莉的鸨母薛婆准有办法。葛少爷另有个更忠实的小厮八儿认识这薛婆，私下警告少爷不要上当。但薛婆赢得了葛少爷的信任，为他当差，并收罗了八儿。故事是这么开头的。

假如这是舞台上的戏，剧中人物的面貌、身段、服饰等等，观众都能具体看到。一桩桩情节，也都具体出现。但舞台上的人物是演员扮饰的。比如梅兰芳演黛玉葬花，观众看见的是梅兰芳扮的林黛玉，不是黛玉本人。西洋戏剧里的人物虽然不像我国旧戏里的人物那样，由生、旦、净、丑粉墨登场，自报扮演什么角色，观众仍然不会把演员扮饰的人物和故事里的人物混淆为一，表演尽管栩栩如真，究竟只是演戏。虽说人生如戏，戏总归还不是人生——不是"人世间客观存在的事物"。

假如这段故事由作者叙出，读者意象中或看到作者出场，或听到他叙说的声音，又会觉得这只是小说家讲的故事。"小说家不是上帝"，他的创造不是"人世间客观存在的事物"。

那么，故事里的人物，自己怎样显形呢？故事里的情节，怎样像真事那样展现出来呢？人物的思想情感以至内心深处的活动，又怎样使读者亲切体会呢？

《薛婆》从头到底只有对话。对话有它特擅的长处。有些事，无论在戏剧或小说里通常由戏剧或小说作者叙述。例如一件事情发生的时间和地点，戏剧里用舞台指导，小说里由作者说明，一言两语就能点出。《薛婆》这个剧里既没有舞台指导，作者又不露面、不出声，只好借剧中人物口中叙出。剧中人物说话得适合身份，说什么话也得有适当的场合。所以这个剧里到第二出才补出葛少爷和裴小姐相见的时间和地点。葛家小厮八儿埋怨主人让薛婆敲了一百金元去，惋叹"祸不单行"。葛少爷不懂自己遭了什么"祸"。

八　儿　少爷，你昨天追赶你的鹞鹰，闯进了玫丽小姐的花园；进去就看见了她，去跟她说话；一说话就爱上了她。爱情生烦恼，烦恼支使得你把身体、灵魂、家产一股脑儿都断送了。我眼看你给那个吃过三次官司的老虔婆捏在手心里，更是气愤。

这段对话妥帖自然，比简单指出时间、地点的舞台指导说明的事情多，而且说得活泼。但作者显然煞费安排，到第二出才找到适当场合，补出这段话来。第一出若没有后人加上的一节撮要，读者单凭葛少爷和裴小姐的对话,就不知他们究竟在什么地方,怎么会碰到一处的。由此可见,要把一个故事安放在时间、地点的背景里,用对话不如戏剧或小说作者的说明来得灵便。

人物的对话,口气里可以听出身份,语言里可以揣想性格。但人物的状貌服饰,本人不便报道。有些剧作家在舞台指导里像写小说那样对人物的外貌详细描摹。小说家更可用各种方式加以形容。若用对话,就需从别人口中道出。这也得按各人的身份,找适当的场合。例如小厮三普劝葛少爷勿为了女人妄自菲薄。他说:"少爷,你是个男子汉,而且……"下文就说出少爷如何漂亮、文雅、讨人喜欢等等。再加薛婆对他的品评,小姐对他的钟情,就可见葛少爷是何等人物。葛少爷如痴如狂的呓语里,把裴小姐的面貌、体态、眉、眼、口、鼻、发、肤、指甲,烦烦絮絮地形容。加上薛婆和别人的客观品评,也就可见裴小姐的风貌。至于薛婆,从外貌到她过去的底里,从多方面反映出来。第一出,三普告诉少爷:"她是个嘴上长胡子的女人①,一个精细的巫婆,什么坏事都内行。本城由她一手修补

---

① 西班牙成语"碰见有胡子的女人,少和她打交道"(a la mujer barbuda de paso la saluda);因为这种女人不是好人。

成、一手毁坏掉的处女足有五千多。她若有意，会把坚硬的石头也撩拨得淫荡。"（A las duras peñas promoverá y provocará alujuria）同一出里，八儿看见薛婆上门，报告主人"一个搽胭脂、抹粉、描眉毛、画眼圈的老婊子在打门呢"；接着就把薛婆的老底儿都兜出来。第四出，裴府丫环鲁葵说："甩着长裙子跑来的老婆子是谁呀？"她认识是薛婆，两人攀话，给裴太太看见。

裴太太　你跟谁说话呢？

鲁　葵　那个脸上有刀疤的老婆子——从前住在河边制革厂附近的。

裴太太　越说越没个影儿，我都摸不着头脑了。

鲁　葵　天哪，我的太太，谁个不知道她呀！你怎么忘了那个戴枷示众的老巫婆呢？她不是专把女人赏给修士，还拆散许多家庭的吗？

裴太太　她是干什么的？你说了她的行业，我也许会记起来。

鲁　葵　太太，她制造薰头纱的香，搽脸的粉，另外还有二三十种行业呢：她会开草药的汤头，会给小孩子治病……

裴太太　说了半天,我还是记不起来。你如果认识她,就说她叫什么吧。

鲁　葵　太太,说什么"如果认识"!满城的老老少少,哪一个不认识她呀!我怎么会不认识呢!

裴太太　那你干吗不说呀?

鲁　葵　我害臊。

裴太太　这傻瓜,快说吧,尽这么不干不脆,我就火了。

鲁　葵　太太别见怪,她叫薛婆。

另外还有整段穿插,衬托出薛婆的为人。我们未见其人,先闻其声。她见三普上门,忙喊:"阿莉,好叫你快活!三普来啦!三普来啦!"这和《水浒传》二十一回里,阎婆向婆惜说:"我儿,你心爱的三郎在这里!"恰是同一个声调。下文她教阿莉藏匿她另一个情人,并帮她圆谎一节,活画出虔婆本色。

小说里往往由旁人眼里写出人物的外貌;目中所见,嘴里不一定说出来,但有时也说出来。如《儒林外史》第四回形容范进娘子"一双红镶边的眼睛,一窝子黄头发……夏天趿着双蒲窝子,歪脚烂腿的……"就是旁人嘴里的话。人物由同一故事里的人来形容,比作者自己讲更显得真实;烦絮的形容也会不嫌其烦。例如《堂吉诃德》里桑丘啰啰嗦嗦讲故事，听的人简直受罪，而我们读来却觉得愈啰嗦愈有趣。情人的呓语，局外人听来是不耐烦的；但葛少爷的呓语，配上三普心上的嘲笑和嘴里的嘀咕，读来就觉有趣。还有一层，人物由同一故事里各方面的形容合在一起，造成一个立体的形象，胜于平面的勾勒。

至于人物的思想感情，由本人自己表达，比旁人转达更为亲切。例如第一出薛婆告诫八儿。

薛　婆　……我像亲妈一样告诫你……眼前你吃主人家的饭，且顺着他、伺候他……可是别傻头傻脑地为他卖命，现在这个大少爷是靠不住的，得结交自己的朋友才牢靠……花儿当不得饭吃（No vivas en flores）。主人家把用人耗得干了，只空口许愿，你可别听他们的。他们吸了你的血，不感激你，只辱骂你；不念你的功，也不想报酬你。可怜哪，"在府邸白了头的用人"！①这个年头儿，

---

① 西班牙成语"在府邸白了头的用人，得死在贫儿院里"（Quien en palacio envejece, en el hospital muere）。薛婆只引了半句。

主人家顾念自己还来不及，有多少心力顾得家里用人？他们的算盘也不错。你们做用人的，得学他们的样……我的儿子，我说这话呀，因为看透你主人爱使出人的本儿来；只求人家伺候，不想给报酬。你仔细想想吧，我这话是不错的。你在他家且找同伙做朋友。最宝贵的是朋友。可是别和主人家攀什么交情；不是一个阶级、同样穷富的人，能交上朋友是罕事……

八　儿　可是"爬上了高枝，摔下容易上去难"①；不由
　　　　正路的财，我不贪。

薛　婆　我可都要。"不管正道邪道，只求满仓满廒。"②

从全书看来，作者并不是站在薛婆一伙的立场上，但是他却钻入他们心里，替他们说话。

至于故事的情节，用对话叙述灵便而又生动。试看第十二出薛婆被杀一段。三普怕薛婆独吞葛少爷给的金链子。八儿

---

① 西班牙成语：Quien tórpemente sube a lo alto, más aína cae que subió.
② 西班牙成语：A tuerto o derecho, nuestra casa hasta el techo.

说:"钱财是不认朋友的"。①因此,两人午夜去找薛婆。

薛　婆　三普,你糊涂啦?我得的谢金和你的报酬有什么相干?……那天咱们同在街上走,我随口说了一句空话:"我的就是你的",你就抓住这话当把柄啦?我力量有限,可是有你的从没有少了你的!假如老天爷照应我交上好运,你吃不了亏。你该知道,三普,我对你许愿,不过表示个意思罢了,作不了准。闪闪发光的,不都是金子;要都是,金子也不那么值钱了。三普,你说吧,这不是你的心思吗?我没料错吧?我老虽老,一眼就看透你!可是,儿子啊,我老实告诉你,我这会子正气得要死。阿莉没脑子,我从你们家回来,把挂在脖子上的链子给她玩一会儿,她不知搁哪儿去了。我和她两个气得夜来还没有合一合眼呢。倒不是为了链子——链子值不了什么,为的是她没头脑,我又没造化。当时有些熟人来串门儿,只

---

① 西班牙成语:Sobre dinero no hay amistad.

怕谁顺手牵羊拿走了……我现在跟你们两个讲讲明白。你们主人给了我什么，就是我的东西。他给你的锦缎袄儿，我没问你分，也没问你要呀！咱们大伙儿为他当差，他瞧各人的功劳给报酬。他给我些东西，因为我两次为他卖了性命……

三　普　老年人最贪心。这话我说过不止一次了。穷的时候手头散漫，有了钱就抠门儿。越是钱多，越是抠门儿；越是抠门儿，越要哭穷。最叫穷人抠门儿的，就是得了钱财。天哪，手头越富裕，心上越不足。这老太婆当初说，她靠这买卖得了油水，由我要多少都行；她以为油水不会多。现在看到这里面大有好处，就啥也不给了。……这真是应了童谣说的"钱少的不能多给，钱多的一文不给"（de lo poco, poco; de lo mucho, nada）。

八　儿　答应了我们的快拿出来！不给，我们全都拿走！——我早告诉你这老太婆不是个东西，你就是不信。

薛　婆　……你们有气，别出在我身上……我知道你们底子里是什么作怪呢……你们不愿意一辈子给阿莉、阿瑞拴住……可是，我能给你们找到她们俩，也能给你们另找十个姑娘呀……

三　普　……别废话！我们不是三岁的娃娃……葛少爷给你的报酬，你提出我们的两份儿来！别叫我说出你是个什么东西……

薛　婆　三普，我是个什么东西？是你把我从窑子里弄出来的？……我天生就是这么个老太婆，没比别的女人坏。干什么行业吃什么饭；我吃我这一行的饭，一规二矩。人家不来找我，我不去找人。谁要请到我，得上我门来，在我家里相求。我是好人、坏人，上帝眼里雪亮，可以作证。你们心上有气，别来糟蹋我。人人都得守法，法律面前一概平等。我尽管是个女人，你们尽管穿得漂亮，人家照样会听我申诉。我是在自己家里，享用自己的家当，你们管不着！八儿，你呀，别以为你知道了我的老底儿，知道了我和你那个死去的妈妈一起干的事，就得由你摆布我……

八　儿　那些事臭得呛我鼻子，少说吧，要不，我就打发你找我妈去，让你嘀咕个够！

薛　婆　阿莉！阿莉！起来！快把我的斗篷给我！我要上公堂像疯婆子那样大叫大嚷去！像话吗！到我家来威胁我！我是一头驯良的母羊，一只拴着脚的母鸡，一个七十岁的老太太，你们想对我动粗吗……

三　普　这个老财迷！要钱没个餍足！咱们捞摸的油水三分之一归你，还不够吗？

薛　婆　什么三分之一？你给我滚！八儿，你也别嚷嚷，把街坊都招来。你们别惹得我发了疯，把葛少爷和你们的事儿当众抖搂出来。

三　普　随你叫，随你嚷，你答应了的就得照办！要不，这会儿就结果了你！

阿　莉　天哪！别拿着剑呀！八儿，你按住他！按住他！别让这疯子杀了她！

薛　婆　街坊呀！维持法纪呀！维持法纪呀！两个暴徒到我家来杀害我！

三　普　什么暴徒！巫婆老太！瞧我送你到阎王殿里传递消息去！

薛　婆　啊呀！他杀我！啊呀！啊呀！我还没忏悔呢！得

忏悔呢！

八　儿　下手！结果了她！一不做、二不休！免得让人听见。杀了她拉倒！"冤家死一个就少一个！"①

薛　婆　我得忏悔！

阿　莉　凶狠的冤家！你们鬼迷心窍了？你们下手害了什么人啊！我的妈死了！我什么都没有了！

三　普　八儿，赶快逃走，来了许多人。小心啊，巡逻队长来了！

八　儿　哎，糟糕！大门都把住了，咱们往哪儿逃啊？

三　普　窗口跳下去！咱们可别落了法网送命。

八　儿　跳！我跟脚就来。

以上一段情节，作者用很自然的对话，写出三普和八儿见钱不认人，薛婆要钱不要命。

再试看第十四出葛少爷偷情一段。

葛少爷　……你在我怀里，我还不能相信。我快活得神魂

---

① 西班牙成语：De los enemigos, los menos.

颠倒，竟感觉不到心上的快活了。

玫　丽　……我把自己交托给你，让你遂心，不过是因为爱你，不愿意显得冷酷无情，请你不要为了一霎时的欢乐，转眼就毁了我。做下了坏事，后悔无及。我只要见到你，近着你，就是快乐；你也学我这样。别向我索取你无法归还的东西；别毁了全世界的钱财赎不回来的宝贝。

葛少爷　我花了一辈子的心力，就追求这一点恩情。已经让我到手了，还能叫我罢手吗？你不能要求我，我也不能克制自己。我不能这么窝囊。是男子汉，就办不到。何况我又这么爱你！我为你直在爱情的火海里沉浮，现在到了恬静的港口，你还不让我进港喘息一下吗？

玫　丽　啊呀！随你说吧，可是别动手。你住手……

葛少爷　……请你原谅，我这双不识羞的手，不配碰一碰你的衣裳，可是它碰到了你的细皮嫩肉……

玫　丽　鲁葵，你走开。

这一段写偷情，没有淫秽的文字，着墨无多，却把两人各自的心情和行为都表达出来。

从以上所举的例子,还可以看出《薛婆》和其他西班牙小说如《小癞子》或《堂吉诃德》有一点相似:都大量引用成语。①桑丘说了一大串成语,只围着他自谓"当景"的意思打转,而薛婆一言半语便点出要领;一巧一拙,各极其妙。

作者也善于运用旁白和独白。旁白是演员向台下观众说的"悄悄话",台上相对谈话的演员却好像听而不闻的。独白是演员孤独一人自己对自己说的话,是内心深处的活动。莎士比亚惯用旁白和独白来表达人物的内心;后世剧作家如易卜生就嫌这种方式不合现实。易卜生用舞台指导叫演员用何种动作和表情,来表现当时何种思想情感。更有剧作者试用新方法,叫演员用两种不同的声音,表达嘴里说的话和心里想的话。如用特殊的声音说心里想的话,旁的角色就呆若木鸡,表示他们好像不在场。②这种种方法无非说明舞台上

---

① 英国近代小说家毛姆(S. Maugham)〔《一个作家的笔记》(*A Writer's Notebook*),海内曼(Heinemann)版200页〕说:"老爱引用成语是西班牙小说的灾难。"

② 参看当倪(J. E. Downey)著《创造性的想象》(*Creative Imagination*)56页。

很难演出内心的活动。人物的内心由舞台指导来说明,读剧本的可以了然,但观众能领会多少就不得而知。舞台指导里对人物内心的描写,和外貌的描写一样,虽说是用来指导演员的,其实也是给读者看的,读来像小说里的描写。这也相当于小说作者出面描叙,不是人物自己在表演。《薛婆》好在不是舞台上表演的戏,里面的旁白和独白就显得自然。试举数例。

第一出三普听葛少爷满口称颂裴小姐的美。

三　普　我们这位着了迷的少爷,尽说些什么废话呀!
葛少爷　你说什么?
三　普　我说,你再讲下去!好听得很呢!

第六出,葛少爷要他的小厮护送薛婆回家。

八　儿　对啊!这小姑娘怕被人强奸呢!三普,你送送她吧,她听见黑地里蛐蛐叫,要害怕的。
葛少爷　你说什么?
八　儿　我说,少爷,夜里漆黑的,还是让我和三普送她回家吧。

二小厮嘀嘀咕咕的旁白和大声的对话往往相映成趣。又如第四出薛婆代葛少爷向裴小姐求情，小姐大怒，命丫环鲁葵把婆子撵出去。薛婆说：年轻人就是火气旺；葛少爷只为牙痛，要个治牙痛的咒语，还知道小姐有一条接触过圣物的腰带，借来一摸，可以止痛；既然小姐动怒，葛少爷牙痛就让他痛吧。裴小姐该知道薛婆是撒谎，可是她只怪薛婆不早说，还为自己性急生气道歉，她把腰带借给薛婆，还答应得空写下咒语，叫薛婆偷偷儿去取。鲁葵在旁说："啊呀，我的小姐完了！她叫薛婆偷偷儿来？这里有鬼！她愿意给那人的，就不止嘴里说的那点东西了。"（Más le querrá dar que lo dicho）这类旁白，有画龙点睛之用。

再试看两段独白。

第四出——

薛　　婆　三普为我这项买卖直不放心。这会儿四顾无人，我且把他担忧的事仔细想想。这种事，有时候想不周到也会成功，不过说不定会出意外。多想想总有好处。我在三普面前没露声色,可是,我对玫丽小姐的算计要是给人瞧破,只怕我这条老命都难保呢!就算不送命,也得让人兜在毯子里向天抛掷,或者用鞭子毒打一顿。为这一百金元就得大吃苦头了。哎,真倒霉,我钻进了什么圈套啊!逞能好强,就拿性命来押宝。可怜我怎么办呢?缩脚吧,捞不到好处;硬着头皮挺吧,又难逃危险。上她家去呢?还是回自己家呢?真叫人拿不稳,捉不定,不知该怎么好。大着胆子分明是冒险;胆小呢,坏了我的名头。老牛到哪儿都得耕地啊!①每条路都是坑坑洼洼的……

第十四出,葛少爷的两个小厮已伏法处死,他另携二仆到裴府花园幽会归来。

葛少爷　啊,我真烦恼啊!这会儿静悄悄一人在黑地里,

---

① 西班牙成语:Adónde irá el buey que no are?

> 正合我的心情。什么缘故呢?因为我没等天亮就撇下了我那位心爱的小姐吗?还是因为丢了面子,心里难受?对呀,对呀,正是为这个!现在我冷静下来,昨天煎熬着的热血凉了,看到自己家门衰落,用人不够使唤,祖产给我败掉,又身受侮辱,这是我的痛疮。都是两个小厮的死刑引起的。我为他们出了什么力吗?为什么束手束脚呢?法官的判决分明对我不公道;我是受了侮辱的人。我怎么能逆来顺受,不气昂昂赶紧出头为自己申理呢?哎,短促的一生只这么一点可怜的欢乐啊!贪图这点欢乐,马上送命也心甘情愿……

他接着又想到自己处境的尴尬,怪法官不顾旧日曾受他家恩惠;一面又为法官开脱,然后又回味当晚的幽会。为了不多占篇幅,上一节薛婆的独白,这里只译出三分之一;这一节葛少爷的独白,这里只译出六分之一。从译出的部分,可以看到两人内心思维的过程,而对他们的性格有更深入的了解。

早有人把莎士比亚的独白看做"意识流"的祖宗。①小说里相当于独白的内心思维，一般用"心上寻思道……"的方式来表达。例如《水浒传》第十一回王伦不愿收留林冲，蓦地寻思道："我却是个不第的秀才……他是京师禁军教头……不若只是一怪，推却事故打发他下山去便了……只是柴进面上却不好看……"《西游记》第三十二回猪八戒巡山时的心思表达得更妙，可以不用"寻思道"的方式。八戒喃喃自语，习演撒谎；行者变作蟭蟟虫儿钉在他耳后。八戒心上想的话，嘴里喃喃道出，行者句句听见。近代小说家所谓"意识流"，就是要读者变作蟭蟟虫儿，钻入人物内心去听他寻思的话。上文所举王伦的"蓦地寻思"，不过是作者的转述。这类寻思，往往还只是作者撮述。但无论莎士比亚式的独白，或小说里转述或撮述的"心上寻思"，都经过作者选择整理，有条有理地报道出来，不是当时心上寻思的原来状况。

---

①　参看威雷克与沃仑合著《文学理论》225页。"意识流"的方法在二十世纪以前的小说里时时出现。弗里德门（M. Friedman）的《意识流：文学方法的一个研究》（*Stream of Consciousness: A Study in Literary Method*，一九五五）31—32页，从狄更斯（C. Dickens）的小说里举了些例子，说那些例子差不多预言式地把乔伊斯（J. Joyce）的意识流写作方法作了"残酷的模仿"。

近代小说家所要写的"意识流",是人物内心连串流动的感受、联想、揣测、回忆等杂乱的情绪,未具固定的形式;联想多于逻辑,语言未有条理,字句未有标点,觉醒的自我未加批判审定,自己不愿正视的部分未经排除或抑制,还是心理活动的原始状态。①《薛婆》里的独白,像戏剧里的独白而不是舞台上的台词,像小说里的"寻思道……"而不是作者的转述。虽然是有句读、有逻辑的语言,多少还带些心理活动的"原始状态",略和近代所谓"意识流"相似。

《薛婆》这个"喜剧或悲喜剧"读来既像小说,有人干脆就称为小说②;有个仅译十六出的英译本竟加上副题,称为"对话体的小说"(A novel in dialogue)③。但作者究竟不是有意识地写小说;尽管称为小说,只是未合传统的小说。我们现在有意识地把它当小说读,就觉得像一部打破了传统的新小说,和近代某些小说家所要求的那种不见作者而故事如实展现

---

① 参看司本塞(J. Spencer)《略谈"持续的内心独白"》(*A Note on the "Steady Monologue of the Interiors"*),《英国文学评论》一九六五年第 6 卷 33—36 页。

② 例如克登(J. A. Cuddon)《文学辞典》(*A Dictionary of Literary Terms*)(一九七七)424 页。

③ 辛普森(D. Simpson)译,一九五五年加利福尼亚大学出版社出版。

的小说颇为相近。

当然,小说家以"无所不知"的作者身份,自有种种方法来描摹现实,不必用对话体。而且,作者出头露面就一定损坏小说的真实性吗?小说写得逼真,读者便忘了有个作者吗?小说写得像"客观存在的事物","客观存在的事物"未经作者心裁,怎样摄入小说?这等等问题都还待研究检验。不过《薛婆》这部"对话体的小说",确像人世间发生的客观现实。我们把这部十五世纪末年的"喜剧或悲喜剧"当做小说来读,会有新的收获。这也可算是古为今用吧。

一九八一年八月

(原刊于《文学评论》一九八一年第四期)

七 有什么好?
——读奥斯丁的《傲慢与偏见》

议论一部作品"有什么好",可以有不同的解释:或是认真探索这部作品有什么好,或相当干脆的否定,就是说,没什么好。两个说法都是要追问好在哪里。这里要讲的是英国十九世纪初期的一部小说《傲慢与偏见》。女作者简·奥斯丁是西洋小说史上不容忽视的大家,近年来越发受到重视。①爱好她的读者,要研究她的作品有什么好;不能欣赏她的人,也常要追问她的

---

① 恰普曼(R. W. Chapman)著《简·奥斯丁:事迹与问题》(*Jane Austen: Facts and Problems*,一九四八)211页;

沃特(I. Watt)辑《评论简·奥斯丁文选》(*Jane Austen: A Collection of Critical Essays*,一九六三)引言13页;

埽丹(B. C. Southam)辑《评论简·奥斯丁文选》(*Critical Essays on Jane Austen*,一九六八)引言XI—XII页。

作品有什么好。①《傲慢与偏见》在我国知道的人比较多；没读过原文的读过译本，没读过译本的看过由小说改编的电影，至少知道个故事。本文就是要借一部国内读者比较熟悉的西洋小说，探索些方法，试图品尝或鉴定一部小说有什么好。

小说里总要讲个故事，即使是没头没尾或无条无理的故事。故事总是作者编的。怎样编造——例如选什么题材，从什么角度写，着重写什么，表达什么思想感情，怎么处理题材，就是说，怎样布局，怎样塑造人物等等，都只能从整部小说里去领会，光从一个故事里捉摸不出。这个故事又是用文字表达的。表达的技巧也只看文字本身，不能从故事里寻求。要充分了解一部小说，得从上述各方面一一加以分析。

一

小说里往往有个故事。某人何时何地遭逢（或没遭逢）什么事，干了（或没干）什么事——人物、背景、情节组成

---

① 小说家康拉德（J. Conrad）就曾诧怪简·奥斯丁"有什么好？"（What is there in her?）——参看埽丹《评论简·奥斯丁文选》引言XIII页。

故事。故事是一部小说的骨架或最起码的基本成分，也是一切小说所共有的"最大公约数"①。如果故事的情节引人，角色动人，就能抓住读者的兴趣，捉搦着他们的心，使他们放不下，撇不开，急要知道事情如何发展，人物如何下场。很多人读小说不过是读一个故事——或者，只读到一个故事。

《傲慢与偏见》的故事，讲十八世纪末十九世纪初英国某乡镇上某乡绅家几个女儿的恋爱和结婚。主要讲二女儿伊丽莎白因少年绅士达西的傲慢，对他抱有很深的偏见，后来怎样又消释了偏见，和达西相爱，成为眷属。

这个故事平淡无奇，没有令人回肠荡气、惊心摄魄的场面。情节无非家常琐碎，如邻居间的来往、茶叙、宴会、舞会，或驾车游览名胜，或到伦敦小住，或探亲访友等等，都是乡镇上有闲阶级的日常生活。人物没有令人崇拜的英雄或模范，都是日常所见的人，有的高明些、文雅些，有的愚蠢些、鄙俗些，无非有闲阶级的先生、夫人、小姐之流。有个非洲小伙子读了这本书自己思忖："这些英国的夫人小姐，和我有什

---

① 福斯特（E. M. Forster）《小说的面面观》（*Aspects of the Novel*，一九二七）47—48，130 页。

么相干呢?"①我们也不禁要问,十九世纪外国资产阶级的爱情小说,在我们今天,能有什么价值呢?

可是我们不能单凭小说里的故事来评定这部小说。

二

故事不过是小说里可以撮述的主要情节,故事不讲作者的心思。但作者不可能纯客观地反映现实,也不可能在作品里完全隐蔽自己。②他的心思会像弦外之音,随处在作品里透露出来。

写什么样的故事,选什么样的题材。《傲慢与偏见》是一部写实性的小说(novel),而不是传奇性的小说(romance)。这两种是不同的类型。写实性的小说继承书信、日记、传记、历史等真实记载,重在写实。传奇性的小说继承史诗和中世纪的传奇故事,写的是令人惊奇的事。世事无奇不有,只要讲来

---

① 见沃生(G. Watson)《话说小说》(*The Story of the Novel*,一九七九)11页。
② 见步斯(W. C. Booth)《小说的修辞学》(*The Rhetoric of Fiction*,一九六一)19—20页。

合情合理,不必日常惯见。司各特(W. Scott)写的是传奇性的小说,奥斯丁写的是写实性的小说。①奥斯丁自己说不能写传奇性的小说,除非性命交关,万不得已;只怕写不完一章就要失声而笑。②为什么呢?她在另一部小说《诺桑觉寺》里故意摹仿恐怖性浪漫故事(gothic romance)的情调打趣取笑。我们由此可以看出,她笑那种令人惊奇的故事脱不了老一套,人物也不免夸张失实。她在家信里说,小说里那种十全十美的女主角看了恶心,使她忍不住要调皮捣蛋。③她指导侄女写作的信上一再强调人物要写得自然④,要避免想象失真,造成假象。⑤她喜欢把故事的背景放在有三四家大户的乡镇上。⑥奥斯丁并不是一个闭塞的老姑娘。她读书看报,熟悉当代有名的作品,来往的亲戚很多,和见世面的人物也有交接,对世界大

---

① 见威雷克与沃仑合著《文学理论》(一九七六)216 页;克登(J. A. Cuddon)《文学辞典》(*A Dictionary of Literary Terms*,一九七九)434 页引康格里夫(William Congreve)语。

② 见恰普曼(R. W. Chapman)搜辑《简·奥斯丁书信集》(以下简称《奥斯丁书信集》)第 2 版(一九五二)452—453 页。

③ 同上书,486 页。

④ 同上书,388,394,402,403,422 页。

⑤ 同上书,395 页。

⑥ 同上书,401 页。

事和城市生活并非毫无所知。①可是她一部又一部的小说,差不多都取材于有三四家大户的乡镇上。看来她和《傲慢与偏见》里伊丽莎白的见解相同。乡镇上的人和大城市的人一样可供观察研究;不论单纯的或深有城府的,都是有趣的题材,尤其是后者。尽管地方小,人不多,各人的面貌却变化繁多,观察不到的方面会层出不穷。②奥斯丁显然是故意选择平凡的题材,创造写实的小说。

三

通常把《傲慢与偏见》称为爱情小说。其实,小说里着重写的是青年男女选择配偶和结婚成家。从奥斯丁的小说里可以看出她从来不脱离结婚写恋爱。男人没有具备结婚的条件或没有结婚的诚意而和女人恋爱,那是不负责任,或玩弄女人。

---

① 《简·奥斯丁:事迹与问题》115—116 页;谭纳(Tony Tanner)《简·奥斯丁和"娴静的小姑娘"》(*Jane Austen and "The Quiet Thing"*)。——埒丹辑《简·奥斯丁评论文选》139 页。
② 见《傲慢与偏见》——《简·奥斯丁全集》(一九三三年纽约版)255 页。

女人没看到男方有求婚的诚意就流露自己的爱情,那是有失检点、甚至有失身份;尽管私心爱上了人,也得深自敛抑。恋爱是为结婚,结婚是成家,得考虑双方的社会地位和经济基础。门户不相当还可以通融,经济基础却不容忽视。因为乡绅家的子女不能自食其力,可干的职业也很有限。长子继承家产,其他的儿子当教士,当军官,当律师,地位就比长子低;如果经商,就在本阶级内部又下落一个阶层。老姑娘自己没有财产,就得寄人篱下;如果当女教师,就跌落到本阶级的边缘上或边缘以外去了。①一门好亲事,不但解决个人的终身问题,还可以携带一家子沾光靠福。为了亲事,家家都挣扎着向上攀附,惟恐下落。这是生存竞争的一个重要关头,男女本人和两家老少都全力以赴,虽然只有三四家大户的乡镇上,矛盾也够复杂,争夺也够激烈,表现的世态人情也煞是好看。《傲慢与偏见》就是从恋爱结婚的角度,描写这种世态人情。

奥斯丁认为没有爱情的婚姻是难以忍受的苦恼。②她小说里

---

① 《奥斯丁书信集》483 页谈到老姑娘的穷困;《艾玛》(*Emma*)——《简·奥斯丁全集》946 页谈到女教师的地位。

② 见《奥斯丁书信集》410,418 页。

的许多怨偶,都是结婚前不相知而造成的。结婚不能不考虑对方的人品,包括外表的相貌、举止、言谈,内在的才德品性。外表虽然显而易见,也需要对方有眼光,才能由外表鉴别人品高下。至于才德品性,就得看他为人行事。这又得从多方面来判定,偶然一件事不足为凭,还得从日常生活里看日常的行为。知人不易,自知也不易,在激烈的生存竞争中,人与人之间的误解和纠纷就更难免。《傲慢与偏见》写女主角的偏见怎样造成,怎样消释,是从人物的浮面逐步深入内心,捉摸他们的品性、修养和心理上的种种状态。可以说,奥斯丁所写的小说,都是从恋爱结婚的角度,写世态人情,写表现为世态人情的人物内心。

四

《傲慢与偏见》开章第一句:"家产富裕的单身汉,准想娶个妻子,这是大家公认的必然之理。"接下来说:"这点道理深入人心。地方上一旦来了这么个人,邻近人家满不理会他本人的意愿,就把他看做自己某一个女儿应得的夫婿了。"① 奥斯

---

① 这是我自己的翻译,下面引文同。

丁冷眼看世情，点出这么两句，接着就引出一大群可笑的人物，一连串可笑的情节。评论家往往把奥斯丁的小说比做描绘世态人情的喜剧（comedy of manners），因为都是喜剧性的小说。

喜剧虽然据亚里士多德看来只供娱乐，柏拉图却以为可供照鉴，有教育意义。①这和西塞罗所谓"喜剧应该是人生的镜子……"见解相同，西班牙的塞万提斯、英国的莎士比亚都曾引用；菲尔丁在他自称"喜剧性的小说"里也用来阐说他这类小说的功用。这些话已经是论喜剧的常谈。所谓"镜子"，无非指反映人生。一般认为镜子照出丑人丑事，可充针砭，可当鞭挞，都有警戒的作用。

可是《傲慢与偏见》警戒什么呢？对愚蠢的柯林斯牧师、贝奈特太太、凯塞林夫人等人，挖苦几句，讽刺几下，甚至鞭挞几顿，能拔除愚蠢的钝根吗？奥斯丁好像并没有这个企图。她挖苦的不是牧师、或乡绅太太、或贵妇人，不是人为的制度或陋习恶俗造成的荒谬，而是这样的几个笨人。她也不是只抓出几个笨蛋来示众取笑，聪明人并没有逃过她的讥诮。伊丽莎

---

① 见布切（S. H. Butcher）著《亚里士多德有关诗与艺术的理论》（*Aristotle's Theory of Poetry and Fine Art*），麦克密仑版200、205页。

白那么七窍玲珑的姑娘,到故事末尾才自愧没有自知之明。达西那么性气高傲的人,惟恐招人笑话,一言一动力求恰当如分,可是他也是在故事末尾才觉悟到自己行为不当。奥斯丁对她所挖苦取笑的人物没有恨,没有怒,也不是鄙夷不屑。她设身处地,对他们充分了解,完全体谅。她的笑不是针砭,不是鞭挞,也不是含泪同情,而是乖觉的领悟,有时竟是和读者相视目逆,会心微笑。试举例说明。

第十一章,伊丽莎白挖苦达西,说他是取笑不得的。达西辩解说:一个人如果一味追求笑话,那么,就连最明智、最好的人——就连他们最明智、最好的行为,也可以说成笑话。

伊丽莎白说:"当然有人那样,我希望自己不是那种人。我相信,明智的、好的,我从不取笑;愚蠢、荒谬、任性、不合理的,老实说,我觉得真逗乐,只要当时的场合容许我笑,我看到就笑了。不过,那类的事,大概正是你所没有的。"

"谁都难保吧。不过我生平刻意小心,不要犯那一类的毛病,贻笑大方。"

"譬如虚荣和骄傲。"

"对啊,虚荣确是个毛病;骄傲呢,一个真正高明的人自己会有分寸。"

伊丽莎白别过脸去暗笑。①

伊丽莎白当面挖苦了达西,当场捉出他的骄傲、虚荣,当场就笑了。可是细心的读者会看到,作者正也在暗笑。伊丽莎白对达西抱有偏见,不正是因为达西挫损了她的虚荣心吗?她挖苦了达西洋洋自得,不也正是表现了骄傲不自知吗?读者领会到作者的笑而笑,正是梅瑞狄斯(George Meredith)所谓"从头脑里出来的、理智的笑"②。

笑,包含严肃不笑的另一面。刘易斯(C. D. Lewis)在他《略谈简·奥斯丁》一文里指出,坚持原则而严肃认真,是奥斯丁艺术的精髓。③心里梗着一个美好、合理的标准,一看见丑陋、不合理的事,对比之下会忍不住失笑。心里没有那么个准则,就不能一眼看到美与丑、合理与不合理的对比。奥斯丁常常在笑的背面,写出不笑的另一面。例如《傲慢与偏见》里那位笨伯柯林斯向伊丽莎白求婚是个大笑话;他遭到拒绝,掉头又向伊丽莎白的好友夏洛特求婚而蒙允诺,又是个大笑

---

① 见《简·奥斯丁全集》264—265 页。
② 见梅瑞狄斯《论喜剧》(*An Essay on Comedy*,一九一九)88 页。
③ 见沃特辑《评论简·奥斯丁文选》33 页。

话。贝奈特太太满以为阔少爷宾雷已经看中自己的长女吉英,得意忘形,到处吹牛;不料宾雷一去音信杳然。这又是个笑话。伊丽莎白想不到她的好友夏洛特竟愿嫁给柯林斯那么一个奴才气十足的笨蛋,对她大失所望。她听了达西一位表亲的一句话,断定宾雷是听信了达西的话,嫌她家穷,所以打消了向她姐姐吉英求婚的原意。为这两件事,她和吉英谈心的时候气愤地说:"我真心喜爱的人不多,看重的更少;经历愈多,对这个世界愈加不满了。人的性格是没准的,外表看来品性不错,颇有头脑,也不大可靠;我向来这么想,现在越发觉得不错了。"吉英劝她别那么牢骚,毁了自己愉快的心情:各人处境不同,性情也不同;夏洛特家姊妹多,她是个慎重的人,论财产,这门亲事是不错的,说不定她对柯林斯也多少有点儿器重。伊丽莎白认为不可能,除非夏洛特是个糊涂虫。她不信自私就是慎重,盲目走上危途就是幸福有了保障。她不能放弃了原则和正义来维护一个朋友。吉英怪妹妹说话偏激,又为宾雷辩护,说他不是负心,活力充沛的青年人免不了行为不检;女人出于虚荣,看到人家对自己倾倒就以为他有意了。伊丽莎白说,男人应当检点,不能随便对女人倾倒。尽管宾雷不是存心不良,尽管他不是蓄意干坏事或叫人难堪,也会做错事情,对不起人。没头脑，不理会别人的心情，又拿不定主意，就干下了坏事。①

姊妹俩各有见地，据下文来看，妹妹的原则不错，姐姐的宽容也是对的。从这类严肃认真的文字里，可以看出奥斯丁那副明辨是非、通达人情的头脑（common sense）。她爱读约翰生（Samuel Johnson）博士的作品，对他钦佩之至，称为"我的可爱的约翰生博士"②。她深受约翰生的影响，承袭了他面对实际的智慧（practical wisdom）③，评论者把她称为约翰生博士精神上的女儿。④奥斯丁对她所处的世界没有幻想，可是她宁愿面对实际，不喜欢小说里美化现实的假象。⑤她生性开朗，富有幽默，看到世人的愚谬、世事的参差，不是感慨悲愤而哭，却是了解、容忍而笑。沃尔波尔（Horace Walpole）有

---

① 见《简·奥斯丁全集》312—313页。
② 见《奥斯丁书信集》181页。
③ 见赖赛尔斯（Mary Lascelles）著《简·奥斯丁和她的艺术》（*Jane Austen and Her Art*，一九三九）7，43页。关于约翰生的实际智慧，贝特（W. J. Bate）的巨著《撒缪尔·约翰生》（*Samuel Johnson*，一九七八）第18章296—314页有详明的阐述。
④ 见刘易斯《略谈简·奥斯丁》——沃特辑《评论简·奥斯丁文选》34页。
⑤ 见赖赛尔斯《简·奥斯丁和她的艺术》70，143页。

一句常被称引的名言:"这个世界,凭理智来领会,是个喜剧;凭感情来领会,是个悲剧。"①奥斯丁是凭理智来领会,把这个世界看做喜剧。

这样来领会世界,并不是把不顺眼、不如意的事一笑置之。笑不是调和;笑是不调和。内心那个是非善恶的标准坚定不移,不肯权宜应变,受到外界现实的冲撞或磨擦,就会发出闪电般的笑。奥斯丁不正面教训人,只用她智慧的聚光灯照出世间可笑的人、可笑的事,让聪明的读者自己去探索怎样才不可笑,怎样才是好的和明智的。梅瑞狄斯认为喜剧的笑该启人深思。奥斯丁激发的笑就是启人深思的笑。

五

《傲慢与偏见》也像戏剧那样,有一个严密的布局。小说里没有不必要的人物(无关紧要的人物是不可少的陪衬,在这个意义上也是必要的),没有不必要的情节。事情一环紧扣一环,都因果相关。读者不仅急要知道后事如何,还不免追想前

---

① 见《论喜剧》88页。

事，探究原因，从而猜测后事。小说有布局，就精练圆整，不致散漫芜杂。可是现实的人生并没有什么布局。①小说有布局，就限制了人物的自由行动、事情的自然发展。作者在自己世界观的指导下，不免凭主观布置定局。②把人物纳入一定的运途；即使看似合情合理，总不免显出人为的痕迹——作者在冒充创造世界的上帝。

可是《傲慢与偏见》的布局非常自然，读者不觉得那一连串因果相关的情节正在创造一个预定的结局，只看到人物的自然行动。作者当然插手安排了定局，不过安排得轻巧，不着痕迹。比如故事里那位笨伯牧师柯林斯不仅是个可笑的人物，还是布局里的关键。他的恩主是达西的姨母凯塞林夫人，他娶的是伊丽莎白的好友夏洛特。伊丽莎白访友重逢达西就很自然。布局里另一个关键人物是伊丽莎白的舅母，她未嫁时曾在达西家庄园邻近的镇上居住。她重游旧地，把伊丽莎白带进达西家的庄园观光，也是很自然的事。这些人事关系，好像都不

---

① 见谭纳（Tony Tanner）著《奇迹的领域》（*The Reign of Wonder*，一九六五）209 页。
② 见威雷克与沃仑合著《文学理论》217 页。

由作者安排而自然存在。一般布局的转折往往是发现了隐藏已久的秘密；这里只发现了一点误会，也使故事显得自然，不见人为的摆布安排。奥斯丁所有的几部小说——包括她生前未发表的早年作品《苏珊夫人》(*Lady Susan*) 都有布局，布局都不露作者筹划的痕迹。是否因为小乡镇上的家常事容易安排呢？这很耐人寻味。

奥斯丁也像侦探小说的作者那样，把故事限于地区不大、人数不多的范围以内。每个人的一言一行和内心的任何波动，都筹划妥帖，细枝末节都不是偶然的。奥斯丁指导她侄女写作，要求每一事都有交代①，显然是她自己的创作方法。这就把整个故事提炼得精警生动，事事都有意义。小小的表情，偶然的言谈，都加深对人物的认识，对事情的了解。精研奥斯丁的恰普曼（R. W. Chapman）说，奥斯丁的《艾玛》(*Emma*) 也可说是一部侦探小说。②其实奥斯丁的小说里，侦探或推理的成分都很重。例如《傲慢与偏见》里达西碰见了他家账房的儿子韦翰，达西涨得满面通红，韦翰却面如死灰。为什么

---

① 见《奥斯丁书信集》402 页。
② 见《简·奥斯丁：事迹与问题》205 页。

呢？宾雷为什么忽然一去不返呢？韦翰和莉蒂亚私奔，已经把女孩子骗上手，怎么倒又肯和她结婚呢？伊丽莎白和吉英经常像福尔摩斯和华生那样，一起捉摸这人那人的用心，这事那事的底里。因为社交活动里，谁也不肯"轻抛一片心"，都只说"三分话"；三分话保不定是吹牛或故弄玄虚，要知道真情和真心，就靠摸索推测——摸索推测的是人心，追寻的不是杀人的凶犯而是可以终身相爱的伴侣。故事虽然平淡，每个细节都令人关切。

奥斯丁只说她喜欢把故事的背景放在有三四家大户的乡镇上，却没有说出理由。可是我们可以从作品里，看到背景放在乡镇上所收的效果。

六

奥斯丁的侄儿一次丢失了一份小说稿。奥斯丁开玩笑说：反正她没有偷；她工笔细描的象牙片只二寸宽，她侄儿大笔一挥的文字在小象牙片上不合用。[①]有些评论家常爱称引这句

---

① 见《奥斯丁书信集》468—469页。

话,说奥斯丁的人物刻画入微,但画面只二寸宽。其实奥斯丁写的人物和平常人一般大小,并不是小象牙片上的微型人物。《红楼梦》里的大观园并不比奥斯丁笔下的乡镇大,我们却从不因为大观园面积不大而嫌背景狭窄。奥斯丁那句话不过强调自己的工笔细描罢了,评论家很不必死在句下,把她的乡镇缩成二寸宽。

奥斯丁写人物确是精雕细琢,面面玲珑。创造人物大概是她最感兴趣而最拿手的本领。她全部作品(包括未完成的片段)写的都是平常人,而个个特殊,没一个重复;极不重要的人也别致得独一无二,显然都是她的创造而不是临摹真人;据说她小说里的地名无一不真,而人物却都是虚构的。①一个人的经历究竟有限,真人真事只供一次临摹,二次就重复了。可是如果把真人真事充当素材,用某甲的头皮、某乙的脚跟皮来拼凑人物,就取之无尽、用之不竭,好比万花筒里的几颗玻璃屑,可以幻出无穷的新图案。小说读者喜欢把书中人物和作者混同。作者创造人物,当然会把自己的精神面貌赋予精神儿女。可是任何一个儿女都不能代表父母。《傲慢与偏见》里的

---

① 见赖赛尔斯《简·奥斯丁和她的艺术》128 页。

伊丽莎白和作者有相似的地方，有相同的见解；吉英也和作者有相似的地方和相同的见解。作者其他几部小说里的角色，也代表她的其他方面。

她对自己创造的人物个个设身处地，亲切了解，比那些人物自己知道得还深、还透。例如《傲慢与偏见》第五十九章，吉英问伊丽莎白什么时候开始爱上达西。伊丽莎白自己也说不上来。可是细心的读者却看得很明白，因为作者把她的情绪怎样逐渐改变，一步步都写出来了。伊丽莎白嫌达西目中无人。她听信韦翰一面之辞，认为达西亏待了他父亲嘱他照顾的韦翰。她又断定达西破坏了她姐姐的婚姻。达西情不自禁向她求婚，一场求婚竟成了一场吵架。这是转折点。达西写信自白，伊丽莎白反复细读了那封信，误解消释，也看到自己家确也有叫人瞧不起的地方。这使她愧怍。想到达西情不自禁的求婚，对他又有点儿知己之感。这件不愉快的事她不愿再多想。后来她到达西家庄园观光，听到佣仆对达西的称赞，不免自愧没有知人之明，也抱歉错怪了达西。她痴看达西的画像，心上已有爱慕的意思。达西不计旧嫌，还对她殷勤接待，她由感激而惭愧而后悔。莉蒂亚私奔后，她觉得无望再得到达西的眷顾而暗暗伤心，这就证实了自己对达西的爱情。

奥斯丁经常为她想象的人物添补细节。例如吉英穿什么衣裳，爱什么颜色，她的三妹四妹嫁了什么人等等，小说里虽然没有写，奥斯丁却和家里人讲过，就是说，她都仔细想过。[1]研究小说的人常说，奥斯丁的人物是圆的立体，不是扁的平面；即使初次只出现一个平面，以后也会发展为立体。[2]为什么呢？大概因为人物在作者的头脑里已经是面面俱全的立体人物，读者虽然只见到一面，再有机缘相见，就会看到其他方面。这些立体的人物能表现很复杂的内心。有的评论家说，奥斯丁写道德比较深入，写心理只浮光掠影[3]；有的却说她写心理非常细腻，可充亨利·詹姆斯（Henry James）和普鲁斯特（Marcel Proust）的先驱。[4]这两个说法应该合起来看。奥斯丁写人物只写浮面，但浮面表达内心——很复杂的内心，而表达得非常细腻。她写出来的人，不是一般人，而是"那一个"。

按照西洋传统理论，喜剧不写个人；因为喜剧讽刺一般人

---

[1] 见《奥斯丁书信集》310页；恰普曼《简·奥斯丁：事迹与问题》122—123页。
[2] 出自福斯特《小说的面面观》113页。
[3] 见步斯《小说的修辞学》163页。
[4] 见沃尔芙（Virginia Woolf）著《简·奥斯丁》——沃特辑《评论简·奥斯丁文选》24页。

所共有的弱点、缺点,不打击个别的人。英国十七世纪喜剧里的人物都是概念化的,如多疑的丈夫,吃醋的老婆,一钱如命的吝啬鬼,吹牛撒谎的懦夫等。十七世纪法国大戏剧家莫里哀剧本里的人物,如达尔杜弗(Tartuffe)和阿尔赛斯特(Alceste),都还带些概念化。①

　　戏剧里可以有概念化的角色,因为演员是有血有肉的人,概念依凭演员而得到了人身。小说里却不行。公式概念不能变成具体的人。人所共有的弱点如懦怯、懒惰、愚昧、自私等等,只是抽象的名词,表现在具体人物身上就各有不同,在穷人身上是一个样儿,在富人身上又是一个样儿;同是在穷人身上,表现也各不同。所以抽象的概念不能代表任何人,而概念却从具体人物身上概括出来。人物愈具体,愈特殊,愈有典型性,愈可以从他身上概括出他和别人共有的根性。上文说起一个非洲小伙子读了《傲慢与偏见》觉得书里的人物和他毫不相干。可是他接着就发现他住的小镇上,有个女人和书里的凯塞林夫人一模一样。②我们中国也有那种女人,也有小说里描

---

① 见布切著《亚里士多德有关诗与艺术的理论》385页。
② 见沃生著《话说小说》11页。

写的各种男女老少。奥斯丁不是临摹真人,而是创造典型性的平常人物。她取笑的不是个别的真人,而是很多人共有的弱点、缺点。她刻画世态人情,从一般人身上发掘他们共有的根性;虽然故事的背景放在小小的乡镇上,它所包含的天地却很广阔。

七

以上种种讲究,如果仅仅分析一个故事是捉摸不到的。而作者用文字表达的技巧,更在故事之外,只能从文字里追求。

小说家尽管自称故事真实,读者终归知道是作者编造的。① 作者如要吸引读者,首先得叫读者暂时不计较故事只是虚构,而姑妄听之(That willing suspension of disbelief)②,要使读者姑妄听之,得一下子慑住他们的兴趣。③这当然和故事的布局分割不开,可是小说依靠文字的媒介,表达的技巧起重要作

---

① 见沃生著《话说小说》7 页。
② 见柯尔律治(S. T. Coleridge)著《文学传记》(*Biographia Literaria*)(人人丛书版)第十四章 161 页。
③ 见谭纳著《奇迹的领域》195 页。

用。《红楼梦》里宝玉对黛玉讲耗子精的故事,开口正言厉色,郑重其事,就是要哄黛玉姑妄听之。《傲慢与偏见》开卷短短几段对话,一下子把读者带进虚构的世界;这就捉住读者,叫他们姑妄听之。有一位评选家认为《傲慢与偏见》的第一章可算是英国小说里最短、最俏皮、技巧也最圆熟的第一章。①

但姑妄听之只是暂时的;要读者继续读下去,一方面不能使读者厌倦,一方面还得循循善诱。奥斯丁虽然自称工笔细描,却从不烦絮惹厌。②她不细写背景,不用抽象的形容词描摹外貌或内心,也不挖出人心摆在手术台上细细解剖。她只用对话和情节来描绘人物。生动的对话、有趣的情节是奥斯丁表达人物性格的一笔笔工致的描绘。

奥斯丁创造的人物在头脑里孕育已久,生出来就是成熟的活人。他们一开口就能使读者如闻其声,如见其人,并且看透他们的用心,因为他们的话是"心声",便是废话也表达出个

---

① 引自凯恩斯(Huntington Cairns)选《艺术的边际》(*The Limits of Art*,一九四八)1074页。
② 她曾警戒侄女。见《奥斯丁书信集》401页。

性来。用对话写出人物，奥斯丁是大师。评论家把她和莎士比亚并称①，就因为她能用对话写出丰富而复杂的内心。奥斯丁不让她的人物像戏台上或小说里的角色,②她避免滥套，力求人物的真实自然。他们口角毕肖，因而表演生动，摄住了读者的兴趣。

奥斯丁的小说，除了《苏珊夫人》用书信体，都由"无所不知的作者"（the omniscient author）叙述。她从不原原本本、平铺直叙，而是按照布局的次序讲。可以不叙的不叙，暂时不必叙述的，留待必要的时候交代——就是说，等读者急要了解的时候再告诉他。这就使读者不仅欲知后事如何，还要了解以前的事，瞻前顾后，思索因果。读者不仅是故事以外的旁听者或旁观者，还不由自主，介入故事里面去。

奥斯丁无论写对话或叙述事情都不加解释。例如上文伊丽莎白挖苦达西的一段对话，又如伊丽莎白对达西的感情怎么逐渐改变，都只由读者自己领会，而在故事里得到证实。奥斯丁自己说，她不爱解释；读者如果不用心思或不能理解，那就活

---

① 见沃特《评论简·奥斯丁文选》引言4—5页。
② 见《奥斯丁书信集》388, 403页。

该了。①她偶尔也向读者评论几句,如第一章末尾对贝奈特夫妇的评语,但不是解释,只是评语,好比和读者交换心得。她让读者直接由人物的言谈行为来了解他们;听他们怎么说,看他们怎么为人行事,而认识他们的人品性格。她又让读者观察到事情的一点苗头,从而推测事情的底里。读者由关注而好奇,而侦察推测,而更关心、更有兴味。因为作者不加解释,读者仿佛亲自认识了世人,阅历了世事,有所了解,有所领悟,觉得增添了智慧。所以虽然只是普通的人和日常的事,也富有诱力;读罢回味,还富有意义。

奥斯丁文笔简练,用字恰当,为了把故事叙述得好,不惜把作品反复修改。《傲慢与偏见》就是曾经大斫大削的。②"文章千古事,得失寸心知",奥斯丁虽然把《傲慢与偏见》称为自己的宠儿③,却嫌这部小说太轻松明快,略欠黯淡,没有明暗互相衬托的效果。④它不如《曼斯斐尔德庄园》沉挚,不如《艾玛》挖苦得深刻,不如《劝导》缠绵,可是这部小

---

① 见《奥斯丁书信集》298 页。
② 同上书,297 页。
③ 同上。
④ 同上书,299 页。

说最得到普遍的喜爱。

小说"只不过是一部小说"吗?奥斯丁为小说张目,在《诺桑觉寺》里指出小说应有的地位。"小说家在作品里展现了最高的智慧;他用最恰当的语言,向世人表达他对人类最彻底的了解。把人性各式各样不同的方面,最巧妙地加以描绘,笔下闪耀着机智与幽默。"①用这段话来赞赏她自己的小说,最恰当不过。《傲慢与偏见》就是这样的一部小说。

一部小说如有价值,自会有读者欣赏,不依靠评论家的考语。可是我们如果不细细品尝原作,只抓住一个故事,照着框框来评断:写得有趣就是趣味主义,写恋爱就是恋爱至上,题材平凡就是琐碎无聊,那么,一手"拿来"一手又扔了。这使我记起童年听到的故事:洋鬼子吃铁蚕豆,吃了壳,吐了豆,摇头说:"肉薄、核大,有什么好?"洋鬼子煮茶吃,滗去茶汁吃茶叶,皱眉说:"涩而无味,有什么好?"

一九八二年

---

① 见《奥斯丁全集》1078页。

八 《吉尔·布拉斯》译者前言

《吉尔·布拉斯·德·山梯良那传》(*Histoire de Gil Blas de Santillane*) 简称《吉尔·布拉斯》,是法国十八世纪一部现实主义小说。作者阿阑·瑞内·勒萨日 (Alain René Le Sage,一六六八——一七四七) 是法国写实作家的先驱。全书分四部出版,前后相隔二十年。一七一五年第一、二部出版,正是法王路易十四去世,路易十五即位的一年。小说里反映的是那两个朝代的法国社会。

路易十四穷兵黩武,称霸欧洲;国内又大兴土木,建造宫室,弄得府库空虚,赋税繁重。苛捐重税,都是人民的负担,贵族、教士、大小官吏等等是豁免赋税的。收税的办法也弊端百出,经手人从中肥私,都变成财主。农民小工艺者在重重压迫之下,喘息偷生。政府要开发国家资源,极力鼓励工商业。

随着工商业的勃兴，许多新兴的工商业巨子，靠工业或商业发了财，买了贵勋授予状，成了新贵族。路易十四倚重的大臣如柯尔伯（Jean Baptiste Colbert）、勒·戴礼艾（Michel le Tellier）、李宏（Hugues de Lionne），都是这个新兴阶级的人物。路易十四初即位时，贵族领导的革命，所谓"投石党运动"，使他对贵族生了戒心。他虽然许贵族享受特权，从不让他们掌握实权。连年战争，贵族地主的收入大大减削。他们不事生产，不问家计，田租经管家的手，当然又大打折扣。可是他们有一定的排场，巴黎有房子，凡尔赛有寓所，乡下有田庄，起居服食、车马奴仆、宴会赌博等等，花费浩大，入不敷出。那时的贵人，大多一身是债。封建贵族已渐趋没落，权与势都到了新兴的资产阶级手里。

路易十五即位才五六岁，由他叔父摄政。摄政王重用的大臣是杜布瓦红衣大主教（Cardinal Dubois），这人是穷医生的儿子，依附摄政王做帮闲，由摄政王一手栽培提拔的。他招权纳贿，卖官鬻爵，当时人说他把小偷骗子的手段用到了政府里去。路易十五当政后耽于逸乐，朝柄操在权臣和外宠手里。弄权的是傅乐里红衣大主教（Cardinal de Fleury）。两位权臣都是新兴资产阶级的人物。封建王朝的势力越衰减，资产阶级的势力越强盛。一七一六年巴黎设立了第一个银行，不久又设立了股票市场，封建势力被金钱压倒，巴黎已成金钱统治的世界。

十七、十八世纪的法国社会，极生动地反映在《吉尔·布拉斯》这部小说里。勒萨日揭露了社会上可笑可鄙的形形色色，怕触犯当局，假托为西班牙斐利普三世（一五九八——一六二一）和斐利普四世（一六二一——一六六五）两朝的事。可是他在作者声明里说："我写西班牙的人情风俗并非一丝不走原样"，因为要写得"跟我们法国人的习俗合拍"。批评家都承认这部小说里描写的是当时的法国社会。而英国的批评家说，他写的不仅是法国社会，是一切社会。①小说的主角吉尔·布

---

① 圣茨伯利（George Saintsbury）《法国小说史》（*History of the French Novel*）第一册331页论勒萨日有世界性；又格林（F. C Green）《法国小说家》（*French Novelists*）75页论《吉尔·布拉斯》一书是一切社会的写照。这部小说里，很多地方和我国古代戏剧、小说里写的相类。例如本书第十二卷第一、二、三章写权臣要皇帝不问政事，就为他弄外宠，这使我们记起《红梨记》第三出里奸臣梁师成的话："我教导你，大凡官家不要容他闲，常则是把些声色货利，打哄日子过去，他就不想到政事上边，左班那些秀才官儿，便有言也不相入了。"又如作者借强盗之口，把帝王、贵人、银行家等剥削者一概骂作强盗，使我们记起凌濛初《拍案惊奇》里的话："天下那一处没有强盗？假如有一等做官的，误国欺君，侵剥百姓，虽然官高禄厚，难道不是大盗？有一等做公子的，倚靠着父兄势力，张牙舞爪，诈害乡民，受投献，窝赃私，无所

拉斯，是当时社会上常见的人物。有的批评家说他仿佛是从人群里随便拉出来的，随时会混进人群里去。①历史上有名的杜布瓦红衣大主教和他同时的西班牙阿尔伯隆尼红衣大主教（Jules Alberoni）都是这一流人物。有人以为吉尔·布拉斯就是法国十七世纪后半叶的政客古维尔（Jean Hérault Gourville，一六二五——一七〇三），因为身世相似，古维尔著有回忆录一册，勒萨日想必读过。②我们无须考证吉尔·布拉斯是否真有其人。那时旧贵族渐渐没落，中下层阶级的人依附权势，都可以向上爬。成功的在历史上留下了名字，爬不高或爬不上的无名小子，不知要有多少呢。

《吉尔·布拉斯》通称为流浪汉小说，由主角吉尔·布拉斯叙述自己一生的经历。吉尔·布拉斯是个"通才"（L'outil

(接上页）不为，百姓不敢声怨，官司不敢盘问，难道不是大盗？有一等做举人秀才的，呼朋引类，把持官府，起灭词讼，每有将良善人家拆得烟飞星散的，难道不是大盗？只论衣冠中尚是如此，何况做经纪客商，做公门人役，三百六十行中人尽有狼心狗行、狠似强盗之人，自不必说。"（见古典文学出版社一九五七年上海版139页）

① 圣·伯夫引巴丹（Patin）语，见莫利斯·阿阑编注的《圣·伯夫论法国大作家》第十册29页。

② 见谢布列兹（Victor Cherbuliez）《法国十七至十九世纪小说里的典型》（*L' ldéal Romanesque en France de* 1610 à 1815）114页以下。

universel）：他出身贫苦，却受过些教育；没甚大本事，却有点小聪明；为人懦怯，逼上绝路也会拼一拼。所以他无论在什么境地都能混混；做医生、做佣人、做管家、做大主教或首相的秘书，件件都行，哪里都去得。而且他从不丧气，坏运气压他不倒，摔下立刻爬起，又向前迈步。他又观察精微，做了事总要反省，对自己很坦白。一部暴露社会黑暗的小说，正需要这样一位主角，带着读者到社会每一阶层每一角落去经历一番。

吉尔·布拉斯和一般流浪汉略有不同。他没在饥饿线上挣扎，还受过些教育。他由后门小道投靠权贵，为他们帮闲，晚年做了大官，拥有财产。他算得流浪汉吗？流浪汉不是英雄，不是模范。可是"吉尔·布拉斯致读者"说："你若读了我一生的经历而忽略了劝人为善的涵义，就不能得益。你若留心研读，就会看到贺拉斯所谓趣味里搀和着教益。"他"劝人为善"，劝什么"善"？吉尔·布拉斯是模范人物吗？留心研读他一生的经历，能找到什么教益呢？

流浪汉是赤手空拳、随处觅食的"冒险者"。他们不务正业，在世途上"走着瞧"，随身法宝是眼明手快，善于照顾自己，也善于与世妥协。他们讲求实际，并不考虑是非善恶的准则，也不理会传统的道德观念，反正只顾自己方便，一切可以通融，但求不落入法网——那是他们害怕的。他们能屈能伸。运气有顺逆，人生的苦和乐经常是连带的。他们得乐且乐，吃苦也不怕，跌倒了爬起重新上路。可是这股压不倒的劲头为的是什么呢？无非沾点儿别人的便宜，捞摸些现成的油水，混着过日子。流浪汉伺候一个又一个主人，吃主人的饭——无论是苦饭，或我们所谓"猪油拌的饭"。他们对主人可以欺骗，可以剥削，也可以尽忠，总归是靠着主人谋求自身的利益。吉尔·布拉斯始终就是这种人。

吉尔·布拉斯离家时虽有他舅舅给的一头骡子和几枚金币，那一点身外之财是朝不保夕的。他虽然是个"通才"，却没有正当职业，只在混饭吃。他的道德标准和处世哲学与一般流浪汉同样有弹性而无原则。他虽然后来爬上官位，仍然是吃他主子的饭，当他主子的奴才。一个流浪汉如果本质没变，只改换了境遇，蹿入上层社会，他就不算流浪汉了吗？

吉尔·布拉斯劝人为善，想必自己觉得是好人。可是他有什么好，能借以劝善呢？

他确也不坏。一个曾和他同伙的流浪汉说："别把我们当坏人。我们不打人，不杀人，只想沾人家点儿便宜过活。虽然偷东西不应该，到无可奈何的时候，不该也就该了。"所谓无可奈何,其实并不是性命攸关,只是机缘凑巧,有利可图,就身不由己。吉尔·布拉斯初次受了欺骗,暗暗责怪自己的爹妈不该训他别欺骗人,该教他别受人欺骗才对。当然,他并没主张骗人讹人,只要求别受骗。可是他仍然经常受骗,自己也干下不少骗人的勾当,甚至下流无耻,为他的主子广开后门,招权纳贿,又为主子的主子物色女人,当拉皮条的。他干了这类事情也知道惭愧,悔过补救。尽管他每到名利关头总是情不自禁,他毕竟还是努力向上的。他像一般流浪汉讲"哥们儿义气",肯互相帮忙。他秉性善良,经常也做点好事。他做了好事,就有好报,与人方便也往往自己方便。他对主人巴结尽忠,不惜干昧心事儿博取主人信赖。由这种种"好",他升官发财,变成贵人,不仅自己衣食无忧,连子孙也可以靠福。吉尔·布拉斯是把自己作为模范来劝善吗?他的劝善未免太庸俗了。

"吉尔·布拉斯致读者"虽然算是他本人的话,文章究竟是作者写的。作者把故事的趣味比做一泓清泉,供旅客休息时"解解渴"。但故事的精髓,所谓"灵魂",还待有心人去发掘。吉尔·布拉斯那点老生常谈的"为善",何劳有心人去发掘呢。假如读者死心眼儿,辨不出作品里含带的讥讽,那么看一看作者的为人,就可以知道他对吉尔·布拉斯这种人抱什么态度。

勒萨日一身傲骨，不屑迎合风气，不肯依附贵人。他敢于攻击时下的弊端，不怕得罪当道。他不求名位，只靠写作谋生。他和吉尔·布拉斯的为人迥不相同，他们俩劝人为善的涵义当然也不会一样。

吉尔·布拉斯没什么崇高的理想，没任何令人景仰的行为，没一点可望不可及的品德，他充得什么模范呢！他不是"坏人"，他是"好人"吗？他虽有要好向上的心，他能有多么好呢？坏事他倒干了不少。当然，过失是谁都难免的。知过愿改，就算是知好歹的。知好歹的就不甘心做坏人，也往往以好人自居。吉尔·布拉斯就是这种有志向上而品格不高，有意为善而为善的程度有限，不愿作恶却难免过失，甚至再三做坏事。他是一个典型的平常人，尽管在不同的境地，具体表现可有千变万化，他仍然是个典型的平常人。

"作者声明"说，他不是刻画某某个人，而是描写人生的真相。的确，他写的那些"卑鄙龌龊的事，希奇古怪的人"都是平日常见的。强盗当公差，伪善的骗子经管修院或慈善机构的财产等等，不是极普遍的事吗？从小康之家到堂堂首相府，为了争夺财产，一个个勾心斗角，骨肉如寇仇，不是到处一样吗？像吉尔·布拉斯那样为极尊贵的人干极不光彩的事，是"为国为君，屡著勤劳"，这也没什么希罕吧？结党营私，开辟后门小道的权贵，何止一个赖玛公爵。大臣"清高"而夫人好利，身兼数职，假公肥己的，又何止一个奥利法瑞斯伯爵。至于像桑格拉都大夫那种不懂本行的专家，像法布利斯那样有写作瘾的文人，绝不是西班牙或法国的特产。贯穿这些事、这些人的吉尔·布拉斯，更是一个寻常角色，谁愿意，都可以"对号入座"。他的经历也可以是我们大家的亲身经历。例如他伺候格拉纳达大主教的故事。这位大主教谆谆嘱咐他说真话，可是听到真话，气得变了脸，把吉尔·布拉斯撵走。这种事，什么地方、什么时候没有呢！又例如吉尔·布拉斯向年老的主人捅出他的情妇另有所欢，老人情知是真，却宁愿听信情妇的花言巧语，把吉尔·布拉斯撵走。这又入情入理，不论何时何地都会见到。又如吉尔·布拉斯当了人家的总管，赤心为主，秉公无私，不让同事揩油作弊。主人家并未记他的功，同事间却结下深仇。他辛苦得大病一场，饭碗丢失，私蓄赔尽，弄得生活也没个着落。这类事不也普通得很吗！

吉尔·布拉斯一生的作为，有时是受衣食的驱使，迫不得已，有时是受名利的诱惑，身不由己。他没有沦为罪犯，当然还靠自己努力向上，不甘堕落，可是他得意不由品德才能，失意也不全是自己的过错，爬上高位靠他没有原则，吃亏却因为太老实。时运无定，好景不常，升沉得失，自己也做不得主。吉尔·布拉斯要不是靠山倒了，未必甘心"隐退"；如果有机会出山，准会官瘾复发。世上像他这种人随处都是。

作者描绘世态人情亲切有味，这是这部小说的特点。读书如阅世。读了《吉尔·布拉斯》可加添阅历，增广识见，变得更聪明也更成熟些，即使做不到宠辱不惊，也可学得失意勿灰心，得意勿忘形，因为失意未必可耻，得意未必可骄。但是作者没有正面的教训，"趣味里搀和的教益"可由"有心人"各自去领会。

勒萨日出自布列塔尼的旧家，十四岁成了孤儿，家产被保护人侵吞。他曾在家乡附近耶稣会办的学院读书，后到巴黎学法律，二十六岁娶了一个巴黎市民的女儿，在巴黎一住五十来年。他当过一时律师，也在包税局当过小职员，以后就专靠写作为生。当时文人大多投靠权贵；他性情倔强，不屑与贵人周旋。①他写的剧本，只在大众化的市场剧院（Théâtre de La

---

① 见克拉瑞悌（Léo Claretie）的《小说家勒萨日》（*Le Sage Romancier*）17页；莫利斯·阿阑编注的《圣·伯夫论法国大作家》第十册8页。

Foire）上演。"让我在平民中老死"，圣·伯夫（Sainte-Beuve）引用了这句话来称道他的一生。①

勒萨日较成功的作品，还有趣剧《主仆争风》（*Crispin Rival de son Maître*），讽刺包税员的喜剧《杜卡莱》（*Turcaret*）②，小说《瘸腿魔鬼》（*Le Diable Boiteux*）等。他最精心结撰的是《吉尔·布拉斯》。法国马利伏、英国菲尔丁、斯莫莱特等都受它影响；著名作家如斯特恩、兰德、拜伦、狄更斯、萨克雷等都熟读这部小说。③

---

① 见莫利斯·阿阑编注的《圣·伯夫论法国大作家》第十册19页。
② 法国十八世纪参加法国大革命的文人商佛（Chamfort）在《人物与掌故》（*Caractères et Anecdotes*）里说："莫里哀什么都不放过，可是对包税员从没有一句讽刺，这是件可怪的事。据说柯尔伯曾有训令给莫里哀和其他喜剧作家，不得讽刺这等人。"——克瑞版170条。勒萨日却毫不留情地揭露了包税员。
③ 科梯斯（L. P. Curtis）编《斯特恩书信集》一九三五年牛津版88页提到桑格拉都大夫。苏坡（W. H. Super）《兰德传》一九五四年纽约大学版354—355页引兰德引用格拉纳达大主教的故事，还称赞勒萨日这部小说的题材有趣，文笔多姿，以为英国散文家没有他那样的好手。拜伦最喜欢称引格拉纳达大主教的故事，参看普罗赛罗（Rowland E. Prothero）编《拜伦书信和日记》第一册121、320页，第四册248页，第六册337页。狄更斯《大卫·科波菲尔》第四章和第七章，以及萨克雷《耶鲁普乐许通讯》（*The Yellowplush Correspondence*）纽约柯列（Collier and Son）版第十四册173页都提到这部小说里的人物。

九 《小癞子》译本序

我翻译的西班牙名著《小癞子》经过修改和重译,先后出过五六版。我偶尔也曾听到读者说:"《小癞子》,我读过,顶好玩儿的。"这正合作者《前言》里的话:"就算他(读者)不求甚解,也可以消闲解闷。"至于怎样深入求解,我国读者似乎不大在意。我作为译者,始终没把这本体积不大的经典郑重向读者介绍,显然是没有尽责。

《小癞子》的读者假如忽略了作者《前言》,很可能"不求甚解",只读来消遣。如果细读《前言》,准会发现里面有许多文章值得深入求解。

《前言》和小说本文都算是癞子的话,不过笔墨略有不同。小说本文质朴而简洁。《前言》虽然也没有词藻,语言却更为文雅。短短的第一节里就两次引用经典上的名句。小说本文是癞子向一位贵人叙述自己的身世，从他自小挨饿受苦的种种经历，直到长大成人，娶了大神父的姘妇而交上好运。《前言》里却隐藏着一位作者。《前言》其实是作者的议论，面对广大的读众，不仅仅面对一位贵人。直到末一节才转为癞子本人的语气。

作者开宗明义，指出这部作品是写非常的事，而且是向来没人注意的。他认为这种事该有人写，不让它埋没。读者嗜好不同，识见不同，说不定有人会对这类事情很欣赏，也很重视。他以作者的身份说，如果写了书只给一个人看，就没几人肯动笔了。写书不容易；下了一番功夫，总希望心力不白费，读者会看到书里的妙处而加以赞赏——也就是说，看到他的创新，了解其中的意义和价值。

《小癞子》是西班牙十六世纪中期出版的。当时文坛盛行英雄美人的传奇，渲染无敌的勇士，无双的佳人，崇高的品德，深挚的爱情等等，而神奇怪诞的魔法师、巨人、怪兽、毒龙之类多方作祟，造成故事的悲欢离合。到六十年代末期，继骑士小说而盛行的是田园小说，写超尘绝俗的牧童牧女谈情说爱。《小癞子》不写传奇式的英雄美人，不写"田园"中的牧童牧女，而写一个至卑极贱的穷苦孩子。他伺候一个又一个主人，切身领略到人世间种种艰苦，在不容他生存的社会上一处处流浪，挣扎着活命。这里没有高超的理想，只有平凡的现实；而卑贱的癞子替代高贵的伟大人物，成为故事主角。

卑贱的人物进入文学领域充当主角，不从癞子开始。就以西班牙本国来说，近五个世纪以前，一四九九年出版的《赛莱斯蒂娜》虽然以富家公子和名门闺秀的恋爱为主题，主要角色却是为男女双方撮合拉纤的赛莱斯蒂娜。这个狡猾的虔婆尽管卑贱，却是社会上的重要人物。人人都知道她，很多人——不论贵贱都有求于她。她行业虽贱，却很吃得开。有钱有势的"风流人物"，老老少少都是她的主顾；而她所利利用的女人又都甘心受她剥削。堂吉诃德说过：在治理得当的国家，拉皮条是最少不了的行业。癞子和赛莱斯蒂娜可大不相同了。他只是一个吃不饱、饿不死的叫化子，他的故事无非偷嘴撒刁、挨打挨骂。他主人把他的作为讲给旁人听，他们听了就哄然大笑，为打骂他的主人助势帮腔。癞子在社会上只像蚂蚁一般，谁都没把他放在眼里。正如他自己说的：癞子如果饿死了，谁也不会再想到他。他的死活都没人在意，他的心情当然更没人顾念了。他一生的经历不值得史籍记载，他切身的感受只有自己本人知觉。作者别有见地，让癞子自己叙述身世，并讲出他的感受。这就是作者所谓"也许一向没人知道"的"非常的事"。因为癞子的身世只在他本人才有意义;他的感受也只有本人才体会亲切。《小癞子》是自述体。由一个社会上无立足地的小人物讲自己一处处的流浪生活,确是作者创新。他首创了"流浪汉小说"。各国文学史上一致把《小癞子》称为"流浪汉小说"的鼻祖。

究竟什么是"流浪汉小说",解释并不一致。一般说来,"流浪汉小说"都以"流浪汉"为主角。"流浪汉"指无业游目。他们出身微贱,没有家产,没有行业,往往当佣仆谋生,却又没有固定的主人,因为经常更换。他们或是游手好闲,不务正业;或是无业可就,到处流浪,苟安偷生。有的是玩世不恭,有的是无可奈何。他们与国家的法纪和社会秩序都格格不入。可是他们并不公然造反,只在法网的边缘上图些便宜,如欺诈讹骗、小偷小摸之类。流浪汉从来不是英雄,他们是"非英雄"或小人物——不过"非英雄"或小人物不专指流浪汉。

流浪汉小说可以借主角的遭遇,揭露社会上各个角落的龌龊,讽刺世人的卑鄙;也可以借主角的为非作歹,一面写良民愚蠢可欺来逗笑取乐,一面写歹徒不得好下场来警顽劝善。反正这种小说的内容都写这个很不完美的现实世界——徐文长

《歌代啸》楔子开场所谓"世界原系缺陷，人情自古刁钻"。而流浪汉都看破这个世界而安于这个世界。

按照一般文评的说法，流浪汉小说都是流浪汉自述的故事。流浪汉故事如果由第三人叙说，就不是流浪汉小说。自述的故事如果主角不是流浪汉，当然也不是流浪汉小说。

西班牙十七世纪出版的著名流浪汉小说如马德欧·阿莱曼的《古斯曼·德·阿尔法拉切的生平》，又如克维多的《骗子堂巴勃罗斯的生平》（即中译本《骗子外传》），都用为非作歹的流浪汉充主角。前者侧重于警顽劝善，后者侧重于逗笑取乐，两书都是自述体。法国勒萨日的流浪汉小说《吉尔·布拉斯》借西班牙为背景，暴露和讽刺当时的法国社会，充主角的流浪汉是个玩世不恭的奴才，小说也是自述体。英国奈希写了英国最早的流浪汉小说《不幸的旅行者，或杰克·维尔登的生平》（一五九四年），也把为非作歹的流浪汉做主角，侧重于讽刺和滑稽。笛福的《摩尔·弗兰德斯》也是流浪汉小说，尽管主角是女人，称不上"汉"；小说旨在暴露社会的阴暗，也有惩戒的意味。这两部英国小说也都是自述体。以上所举，都是人所熟知的流浪汉小说，都和《小癞子》一脉相承，作者都受《小癞子》的影响。

这类小说不仅都用自述的体裁，结构上也有相同处——都由一个主角来贯穿全书的情节。流浪汉到处流浪，遭遇的事情往往不相关联。他一生的经历并没有亚里斯多德《诗学》上所讲究的"统一性"或"一致性"，而是杂凑的情节。主角像一条绳束，把散漫的情节像铜钱般穿成一串。这种情节杂凑的结构是流浪汉小说所共有的。

　　因为流浪汉小说都由一个主角来贯穿杂凑的情节，所以同样结构的小说渐渐就和流浪汉小说相混了。历险性或奇遇性的小说尽管主角不是流浪汉，体裁也不是自述体，只因为杂凑的情节由主角来统一，这类小说也泛称为流浪汉小说。例如英国菲尔丁的《弃婴汤姆·琼斯的故事》，主角既非流浪汉，小说又非自述体，作者还自称遵照《诗学》所讲的结构，可是这部小说因为由主角贯穿全书情节，也泛称为流浪汉小说。甚至班扬的《天路历程》、塞万提斯的《堂吉诃德》，都泛称为流浪汉小说。一种文体在流传推广的过程中，免不了各式各样的演变。弗洛霍克在《流浪汉体小说的观念》一文里指出，"流浪汉体"离开了西班牙也就改变了性质。例如法国的吉尔·布拉斯，英国的摩尔·弗兰德斯等，他们和饥饿线上挣扎求生的流浪汉处境不同，心理也不同，偏离了"流浪汉"原始的定义。其实，小癞子和他本国的后裔在心理上也并不相同。例如小癞子对侍从的温情，显然是一般流浪汉所没有的。反正一种文体愈推广，愈繁衍，就离原始命名的意义愈泛愈远了。

《小癞子》在流浪汉小说里是特殊的，不仅因为是首创，还另有独到。它篇幅比任何别的流浪汉小说都短，可是意味深长，经得起反复品尝。作者不仅设身处地，道出癞子的心声，也客观写出癞子的为人；不仅揭露并讽刺癞子所处的社会和他伺候的一个个主人，也揭露并讽刺癞子本人，而且作者也嘲笑了自己。

《前言》的末一节，以癞子的口吻为"苦命的穷人"吐一口气。出身高贵的公子何德何能，占尽便宜？出身穷苦的就没有活命的权利吗？他"历尽风波，安抵港口"，全靠自己奋斗，不是坐享现成，这不是可以自诩吗？

法国十八世纪作家博马舍的名剧《费加罗的婚礼》第五幕第三场里，费加罗说："你是一位大贵人，就自以为也是大天才了！靠你的爵位，好不神气！你凭什么这样享福呢？不过是托赖爹妈生了你！如此而已！"勒萨日《吉尔·布拉斯》第十卷第十章里，西比翁说："我要是自己做得下主，准生在头等贵人家……不过爸爸不是自己挑的。"《小癞子》是十六世纪中期的作品。假如博马舍剧里的话敲响了革命的警钟，那么，出版较早的《吉尔·布拉斯》里也有同样的话，而十六世纪的《小癞子》里早有这种议论了。有趣的是，发议论的费加罗和西比翁，和癞子同是流浪汉一型的人物。

　　如果细读《前言》，就不会忽略小说本文里那些俏皮而微妙的讥诮。例如小癞子讲他父亲——一个磨房工人偷麦子吃官司的事："他据实招供……为正义吃了苦头。他是《福音》所谓有福的人。我希望上帝保佑他上了天堂。"小癞子这么说，可算是天真未凿，但作者却借来挖苦了《圣经》上的话："为正义受逼迫的人有福了，因为天堂是他们的。"小癞子的父亲从军身亡，他的寡母无家可归，"决心要依傍有钱的人，自己也就会有钱。"这话原是西班牙谚语："和好人为伍，也就成为好人。""好人"和"有钱人"是同一个字。 癞子和他妈妈把谚语这么理解，很自然也很合理，正是他们从生活里体验出来的。癞子依傍了大神父，不就有钱了吗？有钱人不就是好人吗？作者弦外之音很清楚。小癞子又伺候了一位教士。他说这位教士的吝啬"不知是天生的，还是穿上道袍养成的"。这话可以是混沌的孩子不由自主的猜想，但也是作者老实不客气唾骂教士。小癞子的第三个主人穷得经常挨饿。他死要面子，却不要脸，让小癞子讨饭养活他。这也表示作者对"上等人"所谓"体面"作何评价。第四章篇幅极短，却皮里阳秋，全是讽刺之笔。几个女人把小癞子介绍给一个墨西德会的修士，说是她们的亲戚。什么亲戚呢？当时文献里常讲到修士的"侄女"或"外甥女"等"亲戚"，实际上是姘妇。这个修士不喜欢唱圣诗的男孩子。"喜欢"是什么意思？"不喜欢"又是什么意思？末句"还有些这里不提的细事"，只为"不提"，更令人猜疑他怎样欺负了小癞子。至于那个兜销免罪符的主人，他只让小癞子亲眼看到他伪造圣迹，愚弄善男信女。小癞子跟着这个主人吃了什么苦头，后来跟着画手鼓的主人又受了什么折磨，书上只一笔带过。小癞子渐渐长大成人，为驻堂神父卖水四年，吃饱穿暖，攒钱买几件估衣，穿得很像样，就扔掉饭碗，当了公差的佣人。吃这碗饭也许油水不少，只是风险太大，经常提心吊胆。"要发迹得为皇家效力"；癞子"为皇家效力"，虽然职司是最低最贱的，也证实这句话毕竟不错，他从此日子好过了。恰好萨尔瓦多的大神父要为自己的女佣人找丈夫，癞子当选，就此丰衣足食。我们读了癞子的遭遇，能体会他的感受，并看到他那些卑鄙的主人在当时社会上混得很活跃。

作者了解并同情癞子，可是他和癞子之间显然是有距离的。这部小说是一串逗笑的趣事。小癞子偷嘴撒刁尽管情有可悯，终究不是什么光彩的事。他是可怜虫，却也未免可笑——连他自己听到主人形容他的行径，一面啼哭也忍不住失笑。小癞子小时迫于饥饿，身不由己。他吃饱以后走什么道路就由自己选择了。他把卖水用的骡子交还驻堂神父是他自决的第一步。癞子未必因为驻堂神父剥削了他而不干那买卖。他只是人大心大，一看自己穿得很像样，觉得有了本钱，可以找更好的买卖了。但是担惊受怕的事他也不干。他知道最好的买卖是"为皇家效力"。他钻营到最低贱的一个职司，那得意劲儿从话里洋溢出来："我至今还当这差使，为上帝并为您效忠尽力。"他娶大神父的女佣人并不是受了蒙骗，而是因为计较到这一来对他只会有好处。他明白自己是做开眼的乌龟，遮羞的丈夫，可是笑骂由人笑骂，吃饱穿暖、攒钱养老是活命的根本。他早打定主意要依傍有钱的人，所谓"与好人为伍"；这是他的处世箴言。所以他干脆对大神父打开天窗说亮话，让大神父明白该怎样相待。据他自己说，他们三口子相处得很融洽，因为他拿稳自己的老婆多么正经——也就是说，不正经。谁风言风语，他会用一个指头遮脸，说他老婆和全城的女人一样正经——底子里就是说，反正女人没一个正经。作者对癞子的善于妥协，苟活偷安，并不著一辞，只由癞子自己叙说，而讥诮尽在不言中。

作者在《前言》里说，著作不容易，下了一番功夫，总希望心力没有白费。他不是为钱，却是希望有知音欣赏，至少能有人阅读。他引用"荣誉培育了艺术"这句名言，举出追求荣誉的几个实例，笑自己未能免俗。他不顾触犯当权得势的教会和宗教法庭，或许也略似兵士冲锋陷阵，只为博得赞赏。宣教师原该不图荣誉，可是仍然醉心荣誉。枪法并不高明的武士听了油嘴光棍的恭维，乐得忘其所以。这本小说是否真有价值，能博得行家赞赏呢？作者似乎并不敢自信。好在他不是谋利，只求作品有知音欣赏；作品公之于世，自己就隐藏起来。《小癞子》出版至今已四百多年，作者究竟是谁，经许多学者钻研，还是考证不出。

有的说，《小癞子》是胡安·德·奥泰加神父学生时代的作品，因为思想上似有共鸣，而且据说神父的斗室里藏有他亲笔写的《小癞子》草稿。可是这部"草稿"谁也没有亲眼看见。究竟有没有这部"草稿"？是草稿还是手抄的现成书稿？没人可以证实。

长期以来，很多学者认为《小癞子》的作者是曾任西爱纳总督、西班牙驻教廷大使狄艾果·乌尔达多·曼多萨，因为他喜欢用通俗文字写些逗趣的诗文。可是在他晚年，有人把他的游戏笔墨编纂成集，并没有收入《小癞子》。

又有学者以为作者是诗人塞巴斯田·德·奥若斯果，因为他有依拉斯摩思想。还有其他文人由于同一原因也被人当做这部小说的作者。依拉斯摩提倡人类的理性，颂扬基督精神，反对宗教的教条和仪式。《小癞子》里虽然偶尔也挖苦《圣经》上的话，并取笑教廷的免罪符，却只像中世纪小说那样讽刺教士不守清规，贪图享受，没有慈悲心肠等等，并没有宣扬依拉斯摩主义。各种推测还很多，不一一列举。

现代西班牙文论家阿美利科·卡斯特罗又提出新见，认为作者是西班牙十六世纪的"新基督徒"，这种人是犹太人后裔，曾饱受当时社会的歧视压迫而心怀怨忿。但小癞子虽然饱受压迫，《小癞子》的作者并不像饱受压迫的人。他笔下也没有怨苦忿怒，只有宽容的幽默。从许多推测里只能猜想作者是敢于发表新见的开明人士。

也有人考证小说写成的年代，用作旁证来考订作者。可是小说第一章里提到的亥尔维司之役有两个，一是一五一〇年，一是一五二〇年。末一章"神武皇帝陛下"进驻托雷都也有两次，一是一五二五年，一是一五三九年。一五四〇年托雷都因年成不好，下令驱逐流氓乞丐。小说里写小癞子看到街上的叫化子受鞭打，不敢再讨饭，可见小说写在这个法令实行之后。但所有这些考证只能说明作者不是某人，而不能证实作者究竟是谁。最近《海岛》杂志（文学及人文评论）上有论及《小癞子》的文章，称这部"珍贵"的作品为"寻觅爸爸的孤儿"。

只有一点可以证实。《小癞子》虽是自述体，作者却不是癞子本人，因为癞子是传说里的人物。早在欧洲十三世纪的趣剧里就有个瞎眼化子的领路孩子；十四世纪的欧洲文献里，那个领路孩子有了名字，叫小拉撒路（我译作小癞子）。我们这本小说里，小癞子偷吃了主人的香肠，英国传说里他偷吃了主人的鹅，德国传说里他偷吃了主人的鸡，另一个西班牙故事里他偷吃了一块腌肉。伦敦不列颠博物馆藏有一部十四世纪早期的手抄稿 *Descretales de Gregorio IX*，上有七幅速写，画的是瞎子和小癞子的故事。我最近有机缘到那里去阅览，看到了那部羊皮纸上用红紫蓝黄赭等颜色染写的大本子，字句的第一个字母还涂金。书页下部边缘上有速写的彩色画，每页一幅，约一寸多高，九寸来宽。全本书页下缘一组组的画里好像都是当时流行的故事，抄写者画来作为装饰的。从那七幅速写里，可以知道故事的梗概。第一幅瞎子坐在石凳上,旁边有树,瞎子一手拿杖,一手端碗。小癞子拿一根长麦秆儿伸入碗里,大约是要吸碗里的酒,眼睛偷看着主人。画面不大,却很传神。第二幅在教堂前,瞎子一手拄杖,一手揪住孩子的后领,孩子好像在转念头,衣袋里装的不知是大香肠还是面包,看不清。第三幅也在教堂前,一个女人拿着个圆面包,大概打算施舍给瞎子。孩子站在中间,伸一手去接面包,另一手做出道谢的姿势。第四幅里瞎子坐在教堂前,旁边倚杖,杖旁有个酒壶,壶旁有一盘东西,好像是鸡。瞎子正把东西往嘴里送,孩子在旁一手拿着不知什么东西,像剪子,一手伸向那盘鸡,两眼机灵,表情刁猾。第五幅是瞎子揪住孩子毒打,孩子苦着脸好像在忍痛,有两人在旁看热闹,一个在拍手,一个摊开两手好像在议论。第六幅大概是第五幅的继续。孩子一手捉住瞎子的手,一手做出解释的姿态。左边一个女人双手叉腰旁观,右边两个男人都伸出一手好像向瞎子求情或劝解。第七幅也在教堂前,瞎子拄杖,孩子在前领路,背后有人伸手做出召唤的样儿,大约是找瞎子干甚事。

莎士比亚《无事生非》第二幕第一景里引用了小癞子的故事。英国学者曾提出疑问,认为莎士比亚未必引用了《小癞子》这本小说，因为一五三五年英国出版的《趣事妙语集》里已有这个故事。

不仅小癞子是民间传说里的人物，就连靠他讨饭养活的侍从和兜销免罪符的混蛋都是传说里的人物。连第三章里寡妇送葬号哭那一节也有蓝本。小癞子头撞石牛，和瞎子同吃葡萄，哄瞎子撞石柱等情节都早有传说了。

小说家从传说故事取材是常有的事。例如我国明代小说《水浒传》里的三十六天罡，据周密《癸亥杂识》续集，宋末元初龚圣予《宋江三十六人赞》和三十六天罡的姓名绰号基本相同。宋江等人的故事，街谈巷语也早有传说。元代《大宋宣和遗事》已讲到劫取生辰纲、杨志卖刀、宋江杀阎婆惜等故事，元代杂剧里也有李逵、燕青、武松等为主角的杂剧。又如我国明代小说《西游记》里的孙行者，也早在前代文献里出现过。南宋刊行的话本《大唐三藏取经诗话》里有个猴行者，使一条金环杖，帮唐僧上西域取经。杨景贤撰《西游记》杂剧里唐三藏一行人经历的磨难较多，出现的角色和《西游记》小说里的更近似而并不相同。这都说明小说家采用现成的资料——不论历史性或神话性的。

这并不是说，写小说只需把传说里的人物故事贯穿起来，便成小说。小说家还需从材料中精选提炼,重加充实,重新抟造,才能给人物生成骨肉,赋予生命。《小癞子》的作者叫小癞子生于某城某镇某一地点,父亲某某、母亲某某都有名有姓。他父亲干什么行业,他八岁父亲吃了官司从军阵亡又是哪一年、哪个战役的事。这样,小癞子就固定在这个世界的某一个时期、某一个地点、某一个社会阶层内,借得了历史的背景、地理的真实、社会环境的气氛。他怎样找到一个个主人,又怎样离去,都有来由。那些主人都是他亲身伺候过来的。所有的事情都在一定的环境里自然发生。因此,他伺候的瞎子和一般瞎子不同,不是传说里的瞎子而是一个特殊的瞎子。他历次偷吃挨打由他讲得头头是道,千真万确,一桩桩都成了特殊的事。比如他和瞎子同吃葡萄是在盛产葡萄的地区,正当收葡萄的季节,施舍给瞎子的葡萄已经过熟,主仆俩同吃的情景历历如真。又如小癞子遇到送葬号哭的寡妇正当他伺候第三个主人的时期,恰好他们住的房子是阴惨惨的,他们主仆挨饿过日子,这一段现成的故事穿插在这个环境里就觉天衣无缝。

戏剧性结构的故事"从半中间叙起",这是古罗马诗人贺拉斯的名言。我们这位熟悉经典的作者在《前言》里所说"不从半中间起",想必是针对这一句话。他要写出癞子的全貌，主张从头讲来。作者在这点上自有道理。癞子是他处境的产儿，他的为人由他从小的经历造成，也是他一个个主人熏陶出来的，他经历的道路影响他抉择的道路。癞子是饿怕了的，会利用一切机会填满肚子。他懂得"体面"不能当饭吃，穷苦人活命要紧。他没有余力讲究什么"体面"。他要安居乐业，攒钱养老，得依靠有钱的人。癞子的经历从头讲起，能使读者亲眼看到他逐渐长大，从小叫化子到他成为大神父姘妇的丈夫。这又是由他自己叙述的。前后种种遭遇在他的意识里当然融和在一起，是一个整体。他的全貌不但全面，还很具体。

小说家往往在小说里出头露面发议论。《小癞子》的作者却不亲自出场，他有议论可以推给癞子。例如第一章小癞子听他的异父弟称他爸爸"黑鬼"，暗想："他瞧不见自己，倒躲人家。"这是小孩子能见到的。下一句"像他这种人世界上不知该有多少呢"就超出了小癞子的识见。可是叙述者不是作者，所以该算是癞子的议论吧。下文说，穷苦的奴才为爱情偷东西养婆娘，何怪教士修士……那一节显然不是小癞子的话，那是他长大以后的识见。作者在故事里不露脸也不出声，只让癞子叙说。读者只听到癞子在面前讲述——都是老实的招供，话里本相毕露，叫人识破了他而暗暗失笑，竟忘掉那全是作者的刻画和讽刺。这都表现了作者炉火纯青的艺术。

作者在《前言》里说自己笔墨粗陋。这无非指他用修辞学所谓通俗的话,而不用高雅的"诗"的语言词藻。他并没有用下层社会流氓乞丐的口语来叙述。瞎子教小癞子的黑话,书里一句都没有出现。作者只凭语言简洁生动而取得真实感。

小说结尾"我那阵子很富裕,正是运道最好的时候",其实是极不光彩、极为可笑的处境。《前言》里癞子要向那位贵人讲的,就是他怎样走到了这个地步。所以故事到此,正该结束;这样的结束也含蓄不尽。可是受人喜爱的作品往往会有人续写。

早在一五五五年,有无名氏续写了第二部,在比利时出版。第二部的开头接在第一部末尾,写癞子酗酒成习。在第二部里,癞子为了谋利,从军远征阿尔及尔,航海遇风船沉,他喝足了酒,入水不死,变成一条鱼。他变了鱼在海底的遭遇,或许影射真人真事。他遇到人间无处存身而潜入海底的"真理"女神,后来又回到人间。第二部也有讽刺意味,但荒诞不经,成了浪漫式的冒险故事。

一六二〇年巴黎出版了《小癞子》的另一个第二部。作者卢那是居住巴黎任翻译和教师的西班牙人。他写癞子酗酒,入海不死，由渔人网出，当做海怪展览敛钱。癞子后来又当叫化子，经历许多艰苦。两个续本都写出时运变化无定，癞子保不住还得随着他的运道而升沉；在这一点上，续本倒是贯彻了流浪汉小说的精神。

《小癞子》的第一部大约一出版就大受欢迎。一五五四年的一年里，三处——布尔果斯，阿尔加拉和比利时都出了书。三个版本互有异同。据考证，原版（一五五三年或早于一五五三年）已遗失。遗失的版本可能不止一个，因为上述三个版本都不是从同一个版本传下来的。

一五五九年宗教法庭取缔有害书籍，《小癞子》列为禁书。一五七一年，有些开明的神学家主张放宽禁令，出些删节本。一五七三年出版了人文主义者美洲事务大臣维拉斯果删节的《小癞子》。维拉斯果在引文里说：《小癞子》这样一本生动有趣的小说，有它的价值，也深受读者喜爱。国内禁止发行，国外仍在翻印，不加删节地仍予再版。删节本把讥刺墨西德会修士和兜销免罪符的第四章和第五章全部删去。其他许多干犯教会的章节，例如第六章写驻堂神父剥削谋利，第七章写大神父不守清规，也许当时见惯不怪，都轻轻放过了，只删掉攻击教士的个别辞句六处，例如第一章何怪教士修士为情妇和私生子谋利一句,第二章不知荠荞是否穿上道袍养成一句。两个续写的"第二部"也全删掉。

删节本只在国内重版,国外翻印的还是未经删节的本子,如一五八七年米兰的翻印本,一五九五年和一六〇二年比利时的翻印本。意大利、法国、英国、荷兰、德国先后都出了译本,译文都根据未经删节的版本。西班牙国内直到一八四四年,《小癞子》才恢复原貌。近来有许多关于《小癞子》版本的考证,这里不一一叙述了。

《小癞子》原名《托美思河的小拉撒路》。《新约全书》的《路加福音》里有个癞皮化子名叫拉撒路,后来这个名字泛指一切癞皮化子,又泛指一切贫儿乞丐。我们所谓癞子,并不指皮肤上生癞疮的人,也泛指一切流氓光棍。我国残唐五代时的口语就有"癞子"这个名称,指无赖而说;还有古典小说像《儒林外史》和《红楼梦》里的泼皮无赖,每叫做"喇子"或"辣子",跟"癞子"是一音之转,和拉撒路这个名字意义相同,所以我译做《小癞子》。

这个译本所根据的原著是何塞·米盖尔·加索·贡萨雷斯的校注本,布鲁盖拉经典丛书版(一九八二年)。一九七八年出版的拙译《小癞子》根据富尔歇·台尔博司克的校订本

（一九五八年）。承西班牙友人玛丽亚·里维斯女士和胡安·布迪艾尔先生赠送原著另两种版本。我把几种版本对照比较，选择了现在根据的本子。英国伦敦不列颠博物馆的康韦先生曾不惮其烦，为我找到上述英国十四世纪手稿上七幅有关小癞子的速写。人民文学出版社王央乐同志赞成我把这部翻译加上序言出版，并审阅全文。这里一并致谢。

一九八五年四月

十　堂吉诃德与《堂吉诃德》

《堂吉诃德》是举世闻名的杰作,没读过这部小说的,往往也知道小说里的堂吉诃德。这位奇情异想的西班牙绅士自命为骑士,骑着一匹瘦马,带着一个侍从,自十七世纪以来几乎走遍了世界。据作者塞万提斯的戏语,他当初曾想把堂吉诃德送到中国来,因没有路费而作罢论。①可是中国虽然在作者心目中路途遥远,堂吉诃德这个名字在中国却并不陌生,许多人都知道;不但知道,还时常称道;不但称道堂吉诃德本人,还称道他那一类的人。因为堂吉诃德已经成为典型人物,他是西洋文学创作里和哈姆雷特、浮士德等并称的杰出典

---

① 《堂吉诃德》第二部献辞里的戏语。

型。①

但堂吉诃德究竟是怎样的人,并不是大家都熟悉,更不是大家都了解。他有一个非常复杂的性格,各个时代、各个国家的读者对他的理解都不相同。堂吉诃德初出世,大家只把他当做一个可笑的疯子。但是历代读者对他认识渐深,对他的性格愈有新的发现,愈觉得过去的认识不充分,不完全。单就海涅一个人而论,他就说,他每隔五年读一遍《堂吉诃德》,印象每次不同。②这些形形色色的见解,在不同的时代各有偏向。堂吉诃德累积了历代读者对他的见解,性格愈加复杂了。我们要认识他的全貌,得认识他的各种面貌。

读者最初看到的堂吉诃德,是一个疯癫可笑的骑士。《堂吉诃德》一出版风靡了西班牙,最欣赏这部小说的是少年和青年人。据记载,西班牙斐利普三世在王宫阳台上看见一个学生

---

① 例如法国十九世纪批评家艾米尔·蒙泰居(Émile Montégut)在他的《文学典型和美学幻想》(*Types littéraires et Fantaisies esthétiques*)(一八三三)里,把堂吉诃德、哈姆雷特、少年维特、维尔海姆·麦斯特四个角色称为合乎美学标准的四种典型;屠格涅夫在他的《哈姆雷特与堂吉诃德》(一八六〇)里把哈姆雷特和堂吉诃德作为两个对立的典型。
② 《精印〈堂吉诃德〉引言》(一八七三)。——见《文学研究集刊》第二册165页。

一面看书一面狂笑，就说这学生一定在看《堂吉诃德》，不然一定是个疯子。果然那学生是在读《堂吉诃德》。①但当时文坛上只把这部小说看做一个逗人发笑的滑稽故事，小贩叫卖的通俗读物。②十七世纪西班牙批评家瓦尔伽斯（Tomás Tomayo de Vargas）说："塞万提斯不学无术，不过倒是个才子，他是西班牙最逗笑的作家。"虽然现代西班牙学者把塞万提斯奉为有学识的思想家和伟大的艺术家，"不学无术"这句考语在西班牙已被称引了将近三百年。③可见长期以来西班牙人对塞万提斯和《堂吉诃德》是怎样理解的。

《堂吉诃德》最早受到重视是在英国④，英国早期的读者

---

① 保尔·阿萨（Paul Hazard）《塞万提斯的〈堂吉诃德〉》（*Don Quichotte de Cervantes*），梅岳泰（Mellottée）版37页。

② 沃茨（H. E. Watts）《塞万提斯的生平和著作》（*Life and Writings of Miguel de Cervantes*），沃尔特·司各特（Walter Scott）版167页。

③ 保尔·阿萨《塞万提斯的〈堂吉诃德〉》159—160页。沃茨《塞万提斯的生平和著作》90页。

④ 英国最早把《堂吉诃德》作为经典作品。一六一二年，英国出版了谢尔登（Thomas Shelton）的英译本，这是《堂吉诃德》的第一部翻译本，一七三八年出版家汤生（Jacob Tonson）印行了最早的原文精装本；一七八一年，英国出版了博尔（John Bowle）的注译本，这是最早的《堂吉诃德》注译本。——见费茨莫利斯-凯利（James Fitzmaurice-Kelly）《塞万提斯在英国》（*Cervantes in England*）17页。

也把堂吉诃德看做可笑的疯子。艾狄生把《堂吉诃德》和勃特勒（Samuel Butler）的《胡迪布拉斯》（*Hudibras*）并称为夸张滑稽的作品①，谭坡尔（William Temple）甚至责备塞万提斯的讽刺用力过猛，不仅消灭了西班牙的骑士小说，连西班牙崇尚武侠的精神都消灭了。②散文家斯蒂尔（Richard Steele）、小说家笛福、诗人拜伦等对塞万提斯都有同样的指责。

英国小说家菲尔丁强调了堂吉诃德的正面品质。堂吉诃德是疯子么？菲尔丁在《咖啡店里的政治家》（*The Coffee-House Politician*）那个剧本里说，世人多半是疯子，他们和堂吉诃德不同之处只在疯的种类而已。菲尔丁在《堂吉诃德在英国》那个剧本里，表示世人比堂吉诃德还疯得厉害。戏里的堂吉诃德对桑丘说："桑丘，让他们管我叫疯子吧，我还疯得不够，所以得不到他们的赞许。"③

---

① 《旁观者》（*Spectator*）二四九期，每人丛书版第二册299页。夏夫茨伯利（Shaftesbury）也把《堂吉诃德》看做夸张的讽刺，见《论特性》（*Characteristics*），罗伯生（J. M. Robertson）编注本第二册313页。

② 谭坡尔《论古今学术》（*On Ancient and Modern Learning*）。——斯宾冈（J. E. Spingarn）编《十七世纪批评论文集》（*Critical Essays of the Seventeenth Century*）第三册71页。

③ 泰甫（Stuart Tave）《可笑可爱的人》（*The Amiable Humorist*）156，157页引。

这里，堂吉诃德不是讽刺的对象，却成了一个讽刺者。菲尔丁接着在他的小说《约瑟·安德鲁斯》(*Joseph Andrews*) 里创造了一个亚当斯牧师。亚当斯牧师是个心热肠软的书呆子，瞧不见目前的现实世界，于是干了不少傻事，受到种种欺负。菲尔丁自称他这部小说模仿塞万提斯，英国文坛上也一向把亚当斯牧师称为"堂吉诃德型"。英国文学作品里以后又出现许多亚当斯牧师一类的"堂吉诃德型"人物，如斯特恩创造的托贝叔叔，狄更斯创造的匹克威克先生，萨克雷创造的牛肯上校等。这类"堂吉诃德型"的人物虽然可笑，同时又叫人同情敬爱。他们体现了英国人对堂吉诃德的理解。约翰生说："堂吉诃德的失望招得我们又笑他，又怜他。我们可怜他的时候，会想到自己的失望；我们笑他的时候，自己心上明白，他并不比我们更可笑。"① 可笑而又可爱的傻子是堂吉诃德的另一种面貌。

法国作家没有像英国作家那样把堂吉诃德融化在自己的文学里，只是翻译者把这位西班牙骑士改装成法国绅士，引进了法国社会。《堂吉诃德》的法文译者圣马丁（Filleau de Saint-

---

① 《漫步者》(*Rambler*) 第二期，每人丛书版7页。

Martin)批评最早的《堂吉诃德》法文译本①一字字紧扣原文,太忠实,也太呆板;所以他自己的译文不求忠实,只求适合法国的文化和风尚。②弗洛利安(Jean-Pierre Claris de Florian)的译本更是只求迎合法国人的喜好,不惜牺牲原文。他嫌《堂吉诃德》的西班牙气味太重,因此把他认为生硬的地方化为软熟,不合法国人口味的都改掉,简略了重复的片段,删削了枝蔓的情节。他的译本很简短,叙事轻快,文笔干净利落。他以为《堂吉诃德》虽然逗笑,仍然有它的哲学;作者一方面取笑无益的偏见,对有益的道德却非常尊重;堂吉诃德的言论只要不牵涉到骑士道,都从理性出发,教人爱好道德,堂吉诃德的疯狂只是爱好道德而带上偏执。他说读者对这点向来没有充分理解,他翻译的宗旨就是要阐明这一个道理。③可以设想,弗洛利安笔下的堂吉诃德是一位有理性、讲道德的法国绅士。

---

① 最早的《堂吉诃德》法文本,第一部由乌丹(César Oudin)翻译,一六一四年出版;第二部由洛赛(F. de Rosset)翻译,一六一八年出版。
② 保尔·阿萨《塞万提斯的〈堂吉诃德〉》337页。
③ 保尔·阿萨《塞万提斯的〈堂吉诃德〉》339—340页。勒萨日(A. R. Lesage)翻译假名阿维利亚内达(Avellaneda)恶意歪曲《堂吉诃德》的《堂吉诃德续集》,也把原文任意增删修改。阿维利亚内达的续集受尽唾骂,勒萨日的译本却有人称赏,因为和原文面貌大不相同。

以上两种漂亮而不忠实的译本早已被人遗忘，可是经译者改装的《堂吉诃德》在欧洲当时很受欢迎，1682年的德文译本就是从圣马丁的法文译本转译的。

英国诗人蒲柏也注意到堂吉诃德有理性、讲道德的方面。他首先看到堂吉诃德那副严肃的神情①，并且说他是"最讲道德、最有理性的疯子，我们虽然笑他，也敬他爱他，因为我们可以笑自己敬爱的人，不带一点恶意或轻鄙之心"②。寇尔列支说，堂吉诃德象征没有判断、没有辨别力的理性和道德观念；桑丘恰相反，他象征没有理性、没有想象的常识；两人合在一起，就是完整的智慧。③他又说，堂吉诃德的感觉并没有错乱，不过他的想象力和纯粹的理性都太强了，感觉所证明的结论如果不符合他的想象和理性，他就把自己的感觉撇开不顾。④寇尔列支强调了堂吉诃德的道德观念、他的理性和想象力。我们又看到了堂吉诃德的另一个面貌：他是严肃的道德

---

① 《笨伯咏》(*Dunciad*) 卷一，21行。
② 舍本 (George Sherburn) 编《蒲柏书信集》(*Correspondence*) 第四册208页。
③ 《论文与演说选》，每人丛书版251页。
④ 艾许 (T. Ashe) 编《谈话录》(*Table Talk*)，一七九四年版179页。

家，他有很强的理性和想象，他是一个深可敬佩的人。①

在十九世纪浪漫主义的影响下，堂吉诃德又变成一个悲剧性的角色。在十九世纪的浪漫主义者看来，堂吉诃德情愿牺牲自己，一心要求实现一个现实世界所不容实现的理想，所以他又可笑又可悲。这类的见解，各国都有例子。英国十九世纪批评家海兹利特（William Hazlitt）认为《堂吉诃德》这个可笑的故事掩盖着动人的、伟大的思想感情，叫人失笑，又叫人下泪。②按照兰姆（Charles Lamb）的意见，塞万提斯创造堂吉诃德的意图是眼泪，不是笑。③拜伦慨叹堂吉诃德成了笑柄。他在《唐璜》（*Don Juan*）里论到堂吉诃德，大致意思说：他也愿意去锄除强暴——或者阻止罪恶，可是塞万提斯这部真实的故事叫人知道这是徒劳无功的；堂吉诃德一心追求正义，他

---

① 法国近代小说家法朗士（Anatole France）也把堂吉诃德看做一个值得敬佩的人。他说："我们每人心里都有一个堂吉诃德，一个桑丘·潘沙；我们听从的是桑丘，但我们敬佩的却是堂吉诃德。"——见《西尔维斯特·博纳的罪行》（*Le Crime de Sylvestre Bonnard*），加尔曼-雷维（Calmann-Lévy）版150页。

② 《论英国小说家》（*On the English Novelists*），郝欧（P. P. Howe）编《海兹利特全集》第六册108页。

③ 《现代艺术创作的缺乏想象力》，鲁加斯（E. V. Lucas）编《兰姆全集》第二册233页。

的美德使他成了疯子,落得狼狈不堪,这个故事之可笑正显示了世事之可悲可叹,所以《堂吉诃德》是一切故事里最伤心的故事;要去申雪冤屈,救助苦难的人,独力反抗强权的阵营,要从外国统治下解放无告的人民——唉,这些崇高的志愿不过是可笑的梦想罢了。①法国夏都布里昂说,他只能用伤感的情绪去解释塞万提斯的作品和他那种残忍的笑。②法国小说家福楼拜塑造的包法利夫人,一心追求恋爱的美梦,她和堂吉诃德一样,要教书本里的理想成为现实,有些评论家就把她称为堂吉诃德式的人物。③德国批评家弗利德利许·希雷格尔(Friedrich Schlegel)把堂吉诃德所表现的精神称为"悲剧性的荒谬"(Tollheit)或"悲剧性的傻气"(Dummheit)④。海涅批

---

① 第十三章,八、九、十节。——斯蒂芬(T. G. Steffan)普拉德(W. W. Pratt)集注本第三册363页。

② 《身后回忆录》(*Mémoires d'Outre-Tombe*)第一部第五卷,比瑞(Biré)编注本第一册259—260页。

③ 雷文(H. Levin)《文学批评的联系》(*Contexts of Criticism*),一九五八年哈佛大学版96页。雷内·吉哈(René Girard)《浪漫的谎言与小说的真实》(*Mensonge Romantique et Vérité Romanesque*),一九六一年版13—14,17—18,25—26页。

④ 艾契纳(Hans Eichner)编希雷格尔手稿《文学笔记》二〇五〇条,202—203页。

评堂吉诃德说:"这位好汉骑士想教早成陈迹的过去死里回生,就和现在的事物冲撞,可怜他的手脚以至脊背都擦痛了,所以堂吉诃德主义是个笑话。这是我那时候的意见。后来我才知道还有桩不讨好的傻事,那便是要教未来赶早在当今出现,而且只凭一匹驽马,一副破盔甲,一个瘦弱残躯,却去攻打现时的紧要利害关头。聪明人见了这一种堂吉诃德主义,像见了那一种堂吉诃德主义一样,直把他那乖觉的头来摇……"但是堂吉诃德宁可舍掉性命,决不放弃理想。他使得海涅为他伤心流泪,对他震惊倾倒。①俄罗斯小说家屠格涅夫也有同样的看法。堂吉诃德有不可动摇的信仰,他坚决相信,超越了他自身的存在,还有永恒的、普遍的、不变的东西;这些东西须一片至诚地努力争取,方才能够获得。堂吉诃德为了他信仰的真理,不辞艰苦,不惜牺牲性命。在他,人生只是手段,不是目的。他所以珍重自己的性命,无非为了实现自己的理想。他活着是为别人,为自己的弟兄,为了锄除邪恶,为了反抗魔术家和巨人等压迫人类的势力。只为他坚信一个主义,一片热情地愿意为这个主义尽忠,人家就把他当做疯

---

① 《文学研究集刊》第二册166,163—165页。

子,觉得他可笑。①十九世纪读者心目中那个可笑可悲的堂吉诃德,是他的又一种面貌。

以上只是从手边很有限的材料里,略举十七、十八、十九世纪以来对于堂吉诃德的一些代表性的见解。究竟哪一种面貌,哪一种解释是正确的呢?还是堂吉诃德一身兼有各种面貌,每种面貌不过表现他性格的一个方面呢?我们且撇开成见,直接从《堂吉诃德》里来认认堂吉诃德。

堂吉诃德是个没落的小贵族或绅士地主(hidalgo),因看骑士小说入迷,自命为游侠骑士,要遍游世界去除强扶弱,维护正义和公道,实行他所崇信的骑士道。他单枪匹马,带了侍从桑丘,出门冒险,但受尽挫折,一事无成,回乡郁郁而死。

据作者一再声明,他写这部小说,是为了讽刺当时盛行的骑士小说。其实,作品的客观效果超出作者主观意图,已是文学史上的常谈。而且小说作者的声明,像小说里的故事一样,未可全信。但作者笔下的堂吉诃德,开始确是亦步亦趋地模仿骑士小说里的英雄;作者确是用夸张滑稽的手法讽刺骑士小

---

① 《哈姆莱特与堂吉诃德》。——《文艺理论译丛》一九五八年第三期107,108,109页。

说。他处处把堂吉诃德和骑士小说里的英雄对比取笑。骑士小说里的英雄武力超人，战无不胜。堂吉诃德却是个哭丧着脸的瘦弱老儿，每战必败，除非对方措手不及。骑士小说里的英雄往往有仙丹灵药。堂吉诃德按方炮制了神油，喝下却呕吐得搜肠倒胃。骑士小说里的英雄都有神骏的坐骑、坚固的盔甲。堂吉诃德的驽骍难得却是一匹罕有的驽马，而他那套霉烂的盔甲，还是拼凑充数的。游侠骑士的意中人都是娇贵无比的绝世美人。堂吉诃德的杜尔西内娅是一位像庄稼汉那么壮硕的农村姑娘；堂吉诃德却又说她尊贵无比、娇美无双。那位姑娘心目中压根儿没有堂吉诃德这么个人，堂吉诃德却模仿着小说里的多情骑士，为她忧伤憔悴，饿着肚子终夜叹气。小说里的骑士受了意中人的鄙夷，或因意中人干了丑事，气得发疯；堂吉诃德却无缘无故，硬要模仿着发疯。他尽管苦恼得作诗为杜尔西内娅"哭哭啼啼"，他和他的情诗都只成了笑柄。

但堂吉诃德不仅是一个夸张滑稽的闹剧角色。《堂吉诃德》也不仅是一部夸张滑稽的闹剧作品。单纯的闹剧角色，不能充当一部长篇小说的主人公，读者对他的兴趣不能持久。塞万提斯当初只打算写一个短短的讽刺故事。他延长了故事，加添了一个侍从桑丘，人物的性格愈写愈充实，愈生动。塞万提斯创造堂吉诃德并不像宙斯孕育智慧的女神那样。智慧的女神出世就是个完全长成的女神；她浑身披挂，从宙斯裂开的脑袋里一跃而出。堂吉诃德出世时虽然也浑身披挂，他却像我国旧小说里久死还魂的人，沾得活人生气，骨骼上渐渐生出肉来，虚影渐渐成为实体。塞万提斯的故事是随写随编的，人物也随笔点染。譬如桑丘这个侍从是临时想出来的，而桑丘是何形象，作者当初还未有确切的观念。又如故事里有许多疏漏脱节的地方，最显著的是灰驴被窃一事。我大胆猜测，这是作者写到堂吉诃德在黑山苦修，临时想到的，借此可以解决驽骍难得没人照料的问题。所以一六〇五年马德里第一版上，故事从这里起才一次次点出灰驴已丢失。这类疏失不足减损一部杰作的伟大，因为都是作者所谓"无关紧要的细节"，他只求"讲来不失故事的真实就行"。我们从这类脱节处可以看出作者没有预定精密的计划，都是一面写，一面创造，情节随时发生，人物逐渐成长。

塞万提斯不是把堂吉诃德写成佛尔斯塔夫（Falstaff）式的懦夫，来和他主观上的英勇骑士相对比，却是把他写成夸张式的模范骑士。凡是堂吉诃德认为骑士应有的学识、修养以及大大小小的美德，他自己身上都有；不但有得充分，而且还过度一点。他学识非常广博，常使桑丘惊佩倾倒。他不但是武士，还是诗人；不但有诗才，还有口才，能辩论，能说教，议论滔滔不断，振振有辞。他的忠贞、纯洁、慷慨、斯文、勇敢、坚毅，都超过常人；并且坚持真理，性命都不顾惜。

堂吉诃德虽然惹人发笑，他自己却非常严肃。小丑可以装出严肃的面貌来博笑，所谓冷面滑稽。因为本人不知自己可笑，就越发可笑。堂吉诃德不止面貌严肃，他严肃入骨，严肃到灵魂深处。他要做游侠骑士不是做着玩儿，却是死心塌地、拼舍生命地做。他表面的夸张滑稽直贯彻他的思想感情。他哭丧着脸，披一身杂凑破旧的盔甲，待人接物总按照古礼，说话常学着骑士小说里的腔吻；这是他外表的滑稽。他的思想感情和他的外表很一致。他认为最幸福的黄金时代，人类只像森林里的素食动物，饿了吃橡实，渴了饮溪水，冷了还不如动物身上有毛羽，现成可以御寒。他所要保卫的童女，作者常说是"像她生身妈妈那样童贞"。他死抱住自己的一套理想，满腔热忱，尽管在现实里不断地栽筋斗，始终没有学到一点乖。堂吉诃德的严肃增加了他的可笑，同时也代他赢得了更深的同情和尊敬。

也许塞万提斯在赋予堂吉诃德血肉生命的时候，把自己品性、思想、情感分了些给他。这并不是说塞万提斯按着自己的形象创造堂吉诃德。他在创造这个人物的时候，是否有意识地从自己身上取材，还是只顺手把自己现有的给了创造的人物，我们也无从断言。我们只能说，堂吉诃德有些品质是塞万提斯本人的品质。

譬如塞万提斯曾在基督教国家联合舰队重创土耳其人的雷邦多战役里充当一名小兵。当时他已经病了好多天，但是他奋勇当先，第一个跳上敌舰，受了三处伤，残废了一只左手。《堂吉诃德》里写堂吉诃德看见三四十架风车，以为是巨人，独自一人冲杀上去拼命。尽管场合不同，两人却是同样的奋不顾身。又譬如塞万提斯被土耳其海盗俘虏，在阿尔及尔做了五年奴隶。他的主人是杀人不眨眼的魔君，常把奴隶割鼻子、割耳朵或活活地剥皮。塞万提斯曾四次带着俘虏一起逃亡，每次事败，他总把全部罪责独自承当，拼着抽筋剥皮，不肯供出同谋。他的主人慑于他的气魄，竟没有凌辱他。塞万提斯的胆量，和堂吉诃德向狮子挑战的胆量，正也相似。可以说，没有作者这种英雄胸怀，写不出堂吉诃德这种英雄气概。塞万提斯在这部小说里时时称颂兵士的美德，如勇敢、坚毅、吃苦、耐劳等等，这也都是骑士的美德，都是他所熟悉的道德和修养，也是他和堂吉诃德共有的品质。

塞万提斯有时把自己的识见分给了堂吉诃德。小说里再三说到堂吉诃德只要不涉及骑士道，他的头脑很清楚，识见很高明。塞万提斯偶尔喜欢在小说里发发议论，常借小说里的人物作自己的传声筒。例如神父对骑士小说的"裁判"，教长对骑士小说的批评，以及史诗可用散文写的这点见解，教长对于戏剧的一套理论，分明都是作者本人的意见。但神父和教长都不是小说里主要的角色，不常出场。堂吉诃德只要不议论骑士道，不模仿骑士小说，他就不是疯人，借他的嘴来发议论就更为方便。例如堂吉诃德论教育子女以及论诗和诗人，论翻译，论武职的可贵、当兵的艰苦，以及随口的谈论，如说打仗受伤只有体面并不丢脸，鄙夫不指地位卑微的人，王公贵人而没有知识都是凡夫俗子等等，都像塞万提斯本人的话。堂吉诃德拾了他的唾余，就表现为很有识见的人。

也许塞万提斯把自己的情感也分了一些给堂吉诃德。塞万提斯一生困顿。《堂吉诃德》第一部出版以后，他还只是个又老又穷的军士和小乡绅。①塞万提斯曾假借堂吉诃德的话说：

---

① 一六一五年西班牙大主教为皇室联姻的事拜会法国大使，大使的几位随员向大主教手下的教士探问塞万提斯的身世。听说他"老了，是一位兵士，一位小绅士，很穷"。法国随员很诧怪，感叹这样的人才，西班牙不用国库的钱去供养他。其中一人说："假如他是迫于穷困才写作，那么，愿上帝一辈子别让他富裕，因为他自己穷困，却丰富了所有的人。"——沃茨《塞万提斯的生平和著作》148—150页。

"这个世界专压抑才子和杰作。"他在《巴拿索神山瞻礼记》里写诗神阿波罗为每个诗人备有座位,单单塞万提斯没有,只好站着。诗神叫他把大衣叠起,坐在上面。塞万提斯回答说:"您大概没注意,我没有大衣。"他不但没有座位,连大衣都没有一件。这正是海涅说的:"诗人在作品里吐露了隐衷。"① 塞万提斯或许觉得自己一生追求理想,原来只是堂吉诃德式的幻想;他满腔热忱,原来只是堂吉诃德一般的疯狂。堂吉诃德从不丧气,可是到头来只得自认失败,他那时的失望和伤感,恐怕只有像堂吉诃德一般受尽挫折的塞万提斯才能为他描摹。

堂吉诃德的侍从桑丘,也是逐渐充实的。我们最初只看到他傻,渐渐看出他痴中有黠。可是他受到主人的恩惠感激不忘,明知跟着个疯子不免吃亏倒霉,还是一片忠心,不肯背离主人。我们通常把桑丘说成堂吉诃德的陪衬,其实桑丘不仅陪,不仅衬,他是堂吉诃德的对照,好比两镜相对,彼此交映出无限深度。堂吉诃德抱着伟大的理想,一心想济世救人,一眼只望着遥远的过去和未来,竟看不见现实世界,也忘掉了自己是血肉之躯。桑丘念念只在一身一家的温饱,一切从经验出

---

① 《文学研究集刊》第二册 168 页。

发,压根儿不懂什么理想。这样一个脚踏实地的人,只为贪图做官发财,会给眼望云天的幻想者所煽动,跟出去一同冒险。他们尽管日常相处而互相影响①,性格还是迥不相同。堂吉诃德从理想方面,桑丘从现实方面,两两相照,他们的言行,都增添了意义,平凡的事物就此变得新颖有趣。堂吉诃德的所作所为固然滑稽,却不如他和桑丘主仆俩的对话奇妙逗趣而耐人寻味。

《堂吉诃德》里历次的冒险,无非叫我们在意想不到的境地,看到堂吉诃德一些新的品质,从他的行为举动,尤其和桑丘的谈论里,表现出他的奇情异想,由此显出他性格上意想不到的方面。我们对堂吉诃德已经认识渐深,他的勇敢、坚忍等等美德使人敬重,他的学识使人钦佩,他受到挫折也博得同情。作者在故事的第一部里,有时把堂吉诃德作弄得很粗暴,但他的嘲笑,随着故事的进展,愈变愈温和。

堂吉诃德究竟是可笑的疯子,还是可悲的英雄呢?从他主观出发,可说他是个悲剧的主角。但主观上的悲剧主角,客观

---

① 参看马达利亚加(Salvador de Madariaga)《〈堂吉诃德〉读法》(*Guía del lector del Quijote*),一九七八年马德里版 137—159 页。

上仍然可以是滑稽的闹剧角色。塞万提斯能设身处地,写出他的可悲,同时又客观地批判他,写出他的可笑。堂吉诃德能逗人放怀大笑,但我们笑后回味,会尝到眼泪的酸辛。作者嘲笑堂吉诃德,也仿佛在嘲笑自己。

作者已把堂吉诃德写成有血有肉的活人。堂吉诃德确是个古怪的疯子,可是我们会看到许多人和他同样的疯,或自己觉得和他有相像之处;正如桑丘是个少见的傻子,而我们会看到许多人和他同样的傻,或自己承认和他有相像之处。堂吉诃德不是怪物,却是典型人物;他的古怪只增进了他性格的鲜明生动。

我们看一个具体的活人,不易看得全,也不能看得死,更不能用简单的公式来概括。对堂吉诃德正也如此。这也许说明为什么《堂吉诃德》出版近四百年了,还不断地有人在捉摸这部小说里人物的性格。

一九八五年十月

出版说明

杨绛先生于一九五二年全国"院系调整"期间,由清华大学调入文学研究所外文组"做研究工作,写学术论文;写论文屡犯错误,就做翻译工作,附带写少量必要的论文"(《杨绛文集·作者自序》)。本书收入的四篇:《菲尔丁关于小说的理论》(一九五七)、《论萨克雷〈名利场〉》(一九五九)、《艺术与克服困难》(一九五九)和《李渔论戏剧结构》(一九五九),即写于这一时期。其中《菲尔丁关于小说的理论》一文曾在一九五八年的"拔白旗"运动中被树为文学研究所的四面"白旗"之一;《论萨克雷〈名利场〉》一文也因全文欠"红线贯穿",而受批判。

"文革"结束后,杨绛先生不仅写散文、写小说、做翻译,也重新开始写"论文",即收入本书的《事实—故事—真实》

(一九八〇)、《旧书新解》(一九八一)、《有什么好?》(一九八二)等,这几篇文章都与小说的理论、阅读与阐释有关,因而于一九八五年以《关于小说》之名结集,由三联书店出版。

以上七篇"论文"构成了本书的主体部分;另有两篇译者前言(《〈吉尔·布拉斯〉译者前言》)或序言(《〈小癞子〉译本序》)因属文本导读性质,故一并纳入,还有一篇《堂吉诃德与〈堂吉诃德〉》(一九八五)比较全面地呈现了杨绛先生对她翻译的这部名著的理解,后来该文在一头一尾分别增加了对作者塞万提斯和翻译版本情况的简要介绍之后,作为《堂吉诃德》中译本的"译者序"刊行。

但愿这十篇文章会在作为翻译家与作家身份的杨绛之外,为我们还原一个作为优秀学者的杨绛。

征得作者同意,书名取自其一九八九年的一篇随笔《读书苦乐》,其中提道:"我觉得读书好比串门儿——'隐身'的串门儿。"杨绛先生在这篇文章中对"读书钻研学问"有形象的描绘,有独到的理解,因而她的"学术论文"一如她的散文随笔,洗练精审、亲切自然,犹如拜望鸿儒之后的兴会随感,闲话般娓娓道来,而没有时下的八股气、学究腔——当然这也是她极力避免的。

　　本次结集，除少量排印错讹外，一般不做更动，如译名和注释体例等，不强求统一，以保留作者不同时期的行文原貌。

生活·读书·新知三联书店
二〇一四年十月